KB183459

한국 희곡 명작선 162

바람, 그 물결 소리

한국 희곡 명작선 162

바람, 그 물결 소리

강수성

평민사

강수성

바람, 그 물결 소리

등장인물

오가영 _40대 중반의 노래방 도우미
정동숙 _40대 중반의 노래방 도우미
박창규 _50대 중반의 선주(船主)
윤진호 _30대 중반의 선원(船員)
아들 _창규의 아들(현국), 20대 후반
(진호 역이 겸할 수 있다)
딸 _창규의 딸(현주), 20대 중반
(동숙 역이 겸할 수 있다)
친구1 _창규의 친구
(진호 역이 겸할 수 있다)
친구2 _진호의 친구
(창규 역이 겸할 수 있다)
여자 _40대 초반의 노래방 도우미
(동숙 역이 겸할 수 있다)
이 외에 청년 둘

곳

어느 항구 도시

무대

중앙 후면을 약간 높게 하여 아파트의 내부. 오가영과 정동숙이
각각 방 하나씩을 차지하여 함께 거처하는 아파트. 좌측의 현관
을 통해 거실로 올라서면 그 안쪽이 화장실. 정면에 방 둘. 우측
은 주방이다. 거실엔 탁자와 소파 외에 소도구가 적당히 배치되
어 있다. 무대 좌우의 약간 낮은 곳은 두 곳 다 노래방이다. 이
노래방들은 각기 그 내부 모습을 달리해야 한다. 무대 전면은
적절한 장면의 활용 공간으로 한다.

프롤로그

희미한 조명 속(초저녁 무렵)에 사람을 구타하는 소리와 구타당하면서 신음하는 소리가 들려오는데 가영의 다급한 목소리가 섞여 들어온다.

가영   (소리) 누구 나서서 좀 말려요! 저러다가 사람 죽이겠어요!

소리   (구타하는) 야, 이 새꺄! 너 죽고 싶어? 왜 함부로 남의 차를 건드리니? 그래 놓고 안 했다고 발뺌을 해? 이 비겁한 새꺄! 너 오늘 맛 좀 봐라!

가영   (소리) 왜 다들 보고만 있어요? 제발 말려주세요! 예?

소리   (구타하며) 너, 오늘 나한테 잘 걸렸다! 죽고 싶어 환장을 했지? 너 같은 새낀 죽어도 싸! 너는 임마, 인간쓰레기야, 인간쓰레기!

가영   (소리) 여기 남자들 뭐 하는 거예요? 구경만 하고 있을 거예요? 제발 말려주라니까요! (구타와 신음소리, 잠시 후) 어이 총각! 말로 해, 말로!

이 소리와 함께 무대 급히 밝아지면 가영이 가해 청년을 제지

하려고 팔을 잡은 순간이다.

가영   왜 사람을 마구 때리고 그래? 말로 하면 안 돼? 말로 해, 말로!

청년   (가영을 험악하게 돌아보며) 이게 뭐야?

가영   (청년의 팔을 놓으며) 때리지 말고 말로 해! 얼마든지 말로 할 수 있잖아. 이렇게 사람을 패는 데가 어딨어?

청년   (가영에게 달려들려는 자세) 이 쌍년이! 네가 뭔데 나서는 거야? 너도 죽고 싶어 환장을 했어?

청년의 주먹이 가영을 향해 날아가려는 찰나, 날쌔게 청년의 팔을 붙잡는 손길, 창규다. 청년, 창규의 팔을 확 뿌리치고 본능적으로 공격해 들어간다. 그러나 창규가 이를 재빠르게 막고 연속적인 반격. 상대가 되지 않는다. 나가떨어지는 청년. 창규가 위압적으로 다가서자 얼른 일어나서 쏜살같이 달아난다. 창규도 손을 털고 가영을 흘긋 한 번 쳐다보더니 자리를 뜬다. 뭐라고 말을 못 하고 멍하니 서 있기만 하는 가영. 저만치 피해 청년은 쓰러져 신음하고 있고.

1. 아파트 (늦은 밤)

아무도 없다. 잠시 사이. 현관문 여는 소리가 들리더니 가영이 들어선다. 술 취한 모습으로 거실로 올라서는데 핸드폰 소리. 받지 않고 소파로 가서 털썩 앉는다. 폰 소리 여전히…, 한참 만에 핸드백에서 폰을 꺼내 받는다.

가영   (힘없이) 여보세요… 예, 저예요… 어떡하지? 언니…, 나 오늘 술을 너무 많이 마셨어요. 취했다… 좀 봐주라… 그래, 기술껏 마셔야 하는데 그만 그놈의 폭탄주 때문에…. 그래요? 그 손님, 왜 나만 찾는다지? … 호호호. 언니가 이야기 잘 좀 해 줘요. 언제든 언니 콜은 최우선으로 하잖아…. 그래… 언니, 고마워.

가영이 폰 끊고 소파에 깊숙이 기대어 눈을 감으며 긴 호흡을 한다. 그러나 곧 일어나 자기 방에 핸드백을 던져두고 화장실로 들어가더니 좀 있어 물 내리는 소리. 화장실을 나와서는 동숙의 방문을 열어본다. 고개를 가웃, 이상하다는 표정을 짓는데 현관문 여는 소리. 이어 동숙이 기침을 하며 들어선다.

가영   아니! 너 지금 어디 갔다 오는 거니?
동숙   (거실로 올라와 소파에 파묻히듯 앉으며 기침)
가영   일 나갔던 거지? 그렇지? (동숙을 측은한 눈빛으로 내려다보며) 잘한다, 잘해!
동숙   … (기어드는 소리로) 술은 안 마셨어.
가영   왜 안 마셨어? 곤드레만드레가 되도록 마셔버리지!

그래야 감기 몸살이 질겁해서 줄행랑을 놓지. 남자
들 그런다더라. 감기 걸리면 소주에 고춧가루 듬뿍
타서 댓병으로 마신다더라.

동숙　소주에 고춧가루? 나도 그래 볼까? (또 기침)

가영　오늘 하루 안 나가면 하늘 두 쪽이라도 난다던? 콩나
물국 듬뿍 마시고 이불 뒤집어쓰고 땀이나 푹 내라
고 했더니 내 말이 말 같지 않게 들리던 모양이지?

동숙　….

가영　우리 같은 미시들한텐 감기 몸살이 제일 무섭단 말
야. 하루 더 벌어 보려고 욕심내다가 이틀 사흘이 아
니라 열흘도 돈 못 버는 경우가 생긴단 말야. 그래,
그 몸으로 오늘 얼마 벌었어? 백만 원? 이백만 원?
아무도 돌봐줄 사람 없는 네 한 몸뚱이 아파 드러누
우면 백만 원 이백만 원으로 될 것 같아?

동숙　(핸드백에서 열대여섯 장 정도의 만 원권을 꺼내 탁자 위에 탁
뿌려 놓는다) 내가 가만있으면 이런 돈이 굴러 들어와?
들어오느냐고?

가영　(코웃음) 고작 이거야? 이까짓 것 벌려고 감기 몸살 끼
고 나갔어? 그러고 보니까 그 영감쟁이가 불렀구나?
그렇지?

동숙　나한텐 일등고객이다. (기침) 나 아니면 노래방 출입
도 안 할 사람, 박대할 순 없잖아.

가영　2차 가지 왜 그냥 들어왔어? 하룻밤 품고 땀 흘리고

　　　　　나면 감기 몸살이 깡그리 달아날지도 모르는데?

동숙　기침소리 듣더니 안쓰럽다면서 얼른 들어가라더라.

가영　(동숙 옆에 앉으며) 그러지 말고 이참에 그 영감하고 살림을 차리는 게 어때? 좋아서 죽고 못 사는데 노래방에서만 만날 게 아니라 아예 살림을 차려라.

동숙　그래 볼까?

가영　돈 많은 영감, 죽을 때 가지고 갈 것도 아니고 몸 아파 끙끙대면서도 돈 벌려고 아등바등하는 여자 하나 구제해 주는 셈 치고 살림 차리자고 해.

동숙　정말 그래 볼까? 그래 볼까? (기침)

가영　그래! 그리하라니까!

동숙　할멈이 앙탈 부리면 어떻게 하지?

가영　그 나이에 무슨 앙탈? 영감한테 그런 돈이나 있을라나?

동숙　돈은 많은가 봐. 월세 들어오는 집만 해도 몇 채래.

가영　그럼 됐네. 낚아채라!

동숙　낚아채? 호호호…. (그러다가 기침 터지더니 훌쩍이기 시작한다)

가영　갑자기 왜 그래? 들어가 누워. (탁자 위의 지폐를 동숙의 핸드백에 넣어주며) 영감 낚아채라니까 마음이 이상해?

동숙　(곧 감정을 추스르고) 새별이 보고 싶다…. 지금… 뭘 하고 있을까? 새별이 보고 싶구나….

가영　(동숙의 등을 찰박 때리며) 영감 낚아챌 궁리나 할 것이

지 느닷없이 새별이는 왜 들먹여? 새별이는 자고 있
다! 지금이 몇 신데 뭘 하고 있을까라니? 정말 주책
이다, 주책!

동숙 보고 싶은 걸 어떻게 해?

가영 넌 그러니까 틀렸다는 거야. 그렇잖아도 복잡한 세
상, 왜 여러 가지를 한꺼번에 생각하려고 해? 금방
영감 얘기하다가 갑자기 새별이 이야기…. 간단해.
영감 낚아챌 궁리나 해! 그럼 새별이는 당장 해결돼
버리잖아.

동숙 (가영을 빤히 본다)

가영 왜?

동숙 (팩) 오가영! (기침…)

가영 (동숙을 멍히 본다)

동숙 (쏘아보는 눈빛)

가영 (동숙의 손을 잡으며) 아프지? 마음 아프지? 나도 아프
다. 나라고 안 아플 줄 알아? 미안하다. 그러나 우리
가 영감 갖고 노는 얘기 안주 안 삼으면 무슨 재미로
사니?

동숙 (훌쩍이듯) 이 한밤중에 그놈의 영감한테 왜 우리 새별
이를 갖다 붙여? 불쾌해! 새별이는 내 빛이야. 태양
이다!

가영 알아, 알아. 새별이 때문에 너 이 고생 하는 거 알아.
잘 키워. 잘 키워서 좋은 엄마 돼. 지금도 좋은 엄마

지만 더 좋은 엄마 되라고.

동숙　좋은 엄마? (코웃음) 기쁠 때 같이 웃지 못하고 아플 때 머리 한 번 짚어주지 못하는 내가 좋은 엄마? 아니야, 아니야. 난 죄 많은 년이다. 우리 새별이가 불쌍해.

가영　정동숙!

동숙　…?

가영　(화난 소리로) 너, 새별이 얘기 길게 할래?

동숙　너도 괜찮은 놈 하나 붙잡아서 애 하나 낳아보란 말야. 넌 아직도 몸이 쌩쌩하잖아.

가영　흉물스럽게 이 나이에 무슨 애 타령이냐? 싫다, 싫어!

동숙　(타박하듯) 너, 이 세상에 왜 태어났니? 왜 여자로 태어났어? 응?

가영　구름처럼 왔다가 구름처럼 가려고.

동숙　구름? 그래, 구름이다. 구름처럼 왔다가 구름처럼 가는 인생, 그래도 비는 뿌려야 하잖아. 비를 안 뿌리는 구름이 무슨 구름이야?

가영　난 그냥 흘러가는 구름이다. 그렇게 살래.

동숙　포기했니?

가영　얼마나 좋아? 얽매이지 않고 귀찮게 하는 사람 없이 내 마음대로 할 수 있다는 거, 이런 거 너는 모를 거다.

동숙　(혀를 끌끌 차며) 몸은 팔팔한데 남자 생각 안 나? 그럴

때 없어? 생각 접은 거야?

가영 그럴 만큼 정이 가는 남자가 없어….

동숙 고고한 소리 하고 있네. 누군 정 가지고 하는 줄 아니? 우린 노래방 도우미야. 철저하게 돈 벌고 적당히 재미도 보는 거지. 우리도 낼모레면 오십 고개를 넘는다. 여자 나이 오십 넘으면 알 못 낳는 폐계나 마찬가지야. 여자로서 인생의 마지막 불꽃을 태워야 할 나이에 너처럼 미지근하게 세월을 보낼 수는 없잖아.

가영 나도 너처럼 아무렇게나 정이 많았으면 좋겠다.

동숙 꼭 정 가는 남자만 기다리지 말고 마음을 열어놓고 인생을 즐길 만한 그런 남자도 있겠지 하는 생각을 가져. 사람 대하는 마음을 바꾸라고. 정이 가는 남자? 마음 바꾸면 정이 가게 돼 있어.

가영 그래서? 그런 남자 나타나면 어떻게 해야 되는데?

동숙 돈도 벌고 연애도 하고, 그래서 인생 즐기고, 좋다 싶으면 결혼도 하고…. 딸린 자식이 없으니 홀가분하게 얼마든지 결혼도 할 수 있잖아. 새별이만 보고 사는 나한테 비하면 좋은 사람 만날 희망이야 훨씬 많지.

가영 동숙아, 진호 그 사람 어때? 그냥 결혼해 버려라. 그 사람 같으면 새별이가 있어도 아무 상관없어.

동숙 뭐라고?

가영 실은 너도 좋아하고 있잖아.

동숙　좋아하긴 뭘 좋아해? 저 한참 아래 애송이 같은 앨…, 말 같은 소릴 해!

가영　그까짓 나이 차이는 아무것도 아니다. 너만 따라다니는 진호 그 사람 마음은 알아줘야 해. 내가 보기엔 너의 모든 결점은 아예 접어두고, 무조건적인 사랑을 보내오고 있다니까.

동숙　(단호히) 난 다시는 결혼 같은 거 안 해! 새별이만 보고 살 거야. 새별이는 내 빛이고 태양이라고 했잖아. 그따위 결혼 또 뭣하러 해? 남자가 고파서? 그건 얼마든지 즐기면 돼. 난 이렇게 사는 것이 좋아. 나는 이렇게 살아도 새별이만은 어느 갑부 집 딸 안 부러울 정도로 키울 거야. 나, 새별이 유학도 보낼 거다. (하다가 기침이 나와 한참 쿨룩거린다)

가영　진호 그 사람, 너한테 순정을 바치고 있다. 아주 일편단심이잖아.

동숙　손만 내밀면 그따위 순정 쌔고 쌨어.

가영　그런 값싼 순정이 아니라 아주 고귀하고 인내심 많은 순정이다. 정말 부럽다!

동숙　그럼 너 줄까? 먹기 싫은 떡 너한테 넘겨줄까? (기침)

가영　그래 줄래?

동숙의 기침 소리, 그 끝을 잡고 현관의 벨소리. 두 사람, 현관 쪽에 눈길을 보냈다가 서로 마주 보며 의아한 낯빛이 된다. 또 다시 서너 번의 벨소리.

가영   (현관 쪽으로 다가가며) 누구세요?

진호   (소리) 진홉니다.

가영   누구… 라고요…?

진호   (소리 크게) 진홉니다.

가영   … 진호 씨? (동숙을 돌아본다)

동숙   (그냥)….

가영   (동숙의 반응을 재촉하는)…?

동숙   (천천히 다가가서 현관문을 열어준다)

진호   (들어서며) 누나, 미안해. 너무 늦었지? (가영에게 가볍게
         인사를 하며) 안녕하세요?

동숙   (쏘듯) 미안하면 오지 말았어야지!

진호   배 닿자마자 택시 타고 왔어. 밝은 날 오려고 했는데
         내일은 배 일할 게 많아 안 되겠더라고. 누나 얼굴
         잠깐 보고 갈 거야.

동숙   급히 돌아갈 거면 뭐 하러 비싼 택시비 들이고 와?
         오지 말지! (하면서 기침)

진호   누난 아직 잘 시간 아니잖아. 시간 맞추느라고 택시
         대절했는데 정말 빨리 오더라.

동숙   왜 쓸데없이 택시비 들이고 그래? 돈도 많다! 다음엔
         이렇게 오지 마!

진호   누나, 내 마음 알잖아. 누나 얼굴 못 보고 바다에 나

가는 때는 수평선이 나한테는 지옥이야. 텀벙 바다에 뛰어들고 싶은 때가 한두 번이 아니었어. 나, 누나 없으면 못 살아. 사는 재미가 없어.

동숙 (쌀쌀맞게) 이제 얼굴 봤으니 그냥 돌아가! (기침이 터진다)

진호 누나, 감기 들었어?

가영 한 이틀 감기 몸살을 하고 있어요. 그래서 오늘 일 나가지 말랬는데 나갔다 왔어요. (푸념하듯) 그놈의 돈, 돈이 원수야!

동숙 그래, 돈이 원수다. 너네들처럼 딸린 식구가 없다면야 내 한 몸만 생각하지.

가영 건강 잃으면 돈 있어도 아무 소용없다. 우리 같은 사람들은 그걸 분명히 알아야 해.

진호 누나, 앞으로 너무 돈 걱정하지 마. (가방에서 돈 몇 다발을 꺼내 탁자 위에 놓으며) 이거 누나 통장에 넣어둬.

동숙 … 네 돈을 내가 왜?

진호 나한텐 누나밖에 없어. 내가 버는 돈은 전부 누나한테 맡길 거야. 평생 누나에게만 맡길 거야.

가영 (환호하듯) 동숙아, 너 아주 근사한 프로포즈를 받는 거다. 정말 부럽다, 부러워!

동숙 (돈을 가영에게 안기며) 부러우면 네가 처리해!

가영 에잇 빌어먹을, 그리 해버릴까? 진호 씨, 나랑 결혼할래요? 돈 관리 똑 부러지게 해줄게. 망망대해 한 바다에서 파도와 싸워가며 번 돈을 싫다는 사람한테 왜 맡겨?

동숙 그래, 그래! 둘이 잘 놀아봐! (하며 확 돌아서 방으로 들어가 버린다)

가영 (재미있다는 듯) 홋호호… 진호 씨, 오해하지 말아요. 어떻게 나오나 옆구리 한 번 찔러본 소리예요.

진호 (밖으로 향하며) 저, 가보겠습니다.

가영 아니, 벌써?

진호 얼굴 봤으니 돌아가야죠. (나간다)

혼자 남은 가영, 잠시 서 있다. 왠지 모르게 착잡한 심정이 드는데 핸드폰 소리.

가영 (번호를 확인하곤 소파에 앉아) 엄마가 이 밤중에 웬일이야? …예, 잘 있지, 그럼. 엄마는 별일 없어요? 건강하고? 오빠네 가족도 잘 있고? …뭐? 내가 혹시 아프나 해서 전화했다고? …아이 엄마도, 무소식이 희소식이란 말 있잖아? …그래, 그래, 미안. 전화 자주 못 해서 미안해요 …예, 걱정 말아요. …뭐? …나, 시집 안 간다고 했잖아요. 갈 생각 있었으면 벌써 갔지, 지금까지 이러고 있겠어요? …괜찮아요. …좋아요. 별일 없이 잘 있는 사람에게 왜 그런…, 엄마도 참 주책이시다…. 그래요. 나 돈 많이 벌면 집에 가서 엄마 모시고 살 거라니까. …두고 보세요. …그럼, 혼자 사

는 것이 얼마나 편하다고. 이 나이에 좋은 사람 만난
다는 보장도 없고 사람 잘못 만나서 생고생하는 것
보다야 낫지. …그렇다니까요 …그래요. 엄마, 괜한
생각 말아요. …예, 잘 있어요. 주무세요.

2. 노래방 (밤)

반주 음악이 낮게 깔린 실내. 창규와 친구1이 알맞게 술이 된
상태에서 술잔을 주고받으며 이야기하고 있다.

친구1   창규 너랑 이렇게 2차 자리하는 것도 꽤 오래된 것
           같다. 그렇지?

창규   이젠 친구도 없고 마누라들뿐이잖아? 모였다 하면
           마누라 무서워서 도망가기 바쁘니, 마누라 없는 사
           람 어디 서러워서 살겠어? 너도 날 따라 2차 온 게
           후회되는 모양이지? 얼굴에 씌어있어.

친구1   이 사람아, 오랜만에 분위기 좀 잡아 보려는데 마누
           라 따윈 왜 들먹이고 그래? 이거 기분 잡친다!

창규   이 불쌍한 친구, 이런 데 와서 위로도 좀 해 주고 그
           러면 안 되나? 자리 값은 내가 할 테니까.

친구1   그러니까 얼른 새장가 들라고 그랬잖아. 혼자서 십
           수 년 독수공방하는 자네를 보는 우리 마음도 편치

를 않아. 정말이야. 너, 차일피일 미루다가 정작 나이 많아지면 오려고 하는 여자도 없어.

창규 (자조적인 반문) 지금은 있고?

친구1 왜 없어? 찾아봐. 찾아보기나 했어? 아예 마음을 닫아놓고 있으니까 없지. 안 보이는 거지. 참, 그러고 보니까 자네 대단하다. 혼자서 아들딸 버젓이 잘 키워 냈으니 정말 장하다. 혼자서도 아비 노릇 톡톡히 했어.

창규 세월이 해결해 주더군.

친구1 이제 됐구먼. 애들도 성인이 돼서 다 제 앞가림하고 있으니 자네, 여자를 찾아. 찾아보면 있어, 있다고. 자식은 키울 때뿐이지 크고 나면 다 제 갈 길 가버려. 그때 자네 혼자 궁상떨고 앉았을 거야?

창규 지금부터 찾아볼까?

이때, 문이 열리며 가영과 여자 등장.

친구1 우리 박 사장 불타는 가슴 잠재워줄 선녀들이 오셨다! 어서 와요, 어서 와!

여자 (친구1 옆으로 가서) 김경자라고 합니다. (앉는다)

가영 (창규 옆으로 가서) 오가영이라고 합니다. (앉는다)

친구1 김경자…? 자야씨, 한잔 해요. (술을 따른다)

여자 고맙습니다.

가영 (창규에게) 잔 받으시죠.

창규 (술을 받는다)

친구1 (가영에게) 문패가 뭐라고 했더라?

가영 오가영이라고 해요.

친구1 그 친구 솔로예요. 오랜 독수공방으로 지피고 지핀 불타는 가슴을 잠재워줄 그런 여자, 그런 여자 없을까 하고 눈 똥그랗게 뜨고 찾고 있는 중이거든. 혹시 알아? 옷깃만 스쳐도 인연이라고 했는데, 오늘 이거 예사 인연이 아니거든. 어이 박 사장, 잘 해봐!

창규 그 사장이란 소리 그만해. 천박하게 실속 없이 과시하는 것 같아서 싫다니까.

친구1 난 고작 월급쟁이 신세인데 자넨 그래도 대형 어선 선주잖아. 코딱지만 한 가게 하나 가지고도 사장이라고 으스대는 세상에 이런 갑부가 겸손한 거야, 쫀쫀한 거야? 난 이 세상 살면서 사장이란 소리 한 번 들어봤으면 원이 없겠다.

창규 이 사람아! 너 같은 샐러리맨이 속 편해. 난 실속 없다니까.

친구1 실속이 있고 없고 간에 지금부터 여자 찾기 작업 개시! 작업 개시라니까! 자, 자, 우리 건배! (하면서 세 사람의 잔을 돌려가며 부딪고 술을 마신다)

창규 (가영을 잠깐 주시하곤 고개를 갸웃한다) 혹시… 우리 어디서 만난 적 없던가?

가영 저를요? 글쎄요….

창규 가만있자….

가영 (새삼 창규를 찬찬히 뜯어보는 눈치)

친구1 그럼, 두 사람이 벌써 구면이란 말인가? 이거 잘됐네! 괜히 찾으려고 애쓸 필요 없이 여기서 손만 잡으면 되겠네. 오 양이라고 했지? 그 친구 단단히 붙잡아요. 오랫동안 독수공방, 수절해온 친구라고.

창규 자네 좀 가만히 있어 보라니까.

가영 (먼저 떠올랐다. 덥석 창규의 손을 잡으며) 아, 혹시 그분 아니세요? 그날 초저녁에….

창규 그래, 맞았어!

가영 이걸 어쩌죠? 제가 진작 몰라봐서.

창규 여자가 겁도 없이 왜 그런 싸움판에 함부로 뛰어들어? 요즘 젊은 애들, 세상 무서운 줄 모르고 날뛰는 판인데 감당도 못 하면서….

가영 (애교 섞어) 죄송합니다….

창규 나 아니었으면 큰일 날 뻔했다고!

가영 (역시 애교 섞어) 감사합니다!

친구1 무슨 일인지는 모르나 뽀뽀 한번 해주면 되겠네!

창규 뽀뽀 갖고는 안 되지! 일촉즉발의 위기에서 구원의 손길을 뻗은 사람한테 뽀뽀 가지고는 말도 안 되지! 그날 나 아니었으면 그놈한테 몇 대 얻어맞고 지금 병원에 입원해 있을걸….

가영   그날 일 생각하면 정말 아찔해요! 무지막지하게 얻어맞는 애가 불쌍해서 앞뒤 안 가리고 뛰어들었는데, 아휴 내가 왜 그랬을까…?

창규   (가영을 흐뭇하게 보며 비웃듯이) 보기보다 정의파인 모양이군?

가영   잘잘못은 놔두고라도 덩치 큰 녀석이 작은 앨 마구 때리고 짓밟는데 어떻게 그냥 보고 있어요? 사람들은 왜 그런 걸 구경만 하고 있을까요? 이해가 안 돼요!

창규   요즘 세상에 이해가 안 되는 게 그것뿐인가?

가영   전 그런 걸 가만 못 보는 성질이 좀 있긴 해요.

창규   여자가 이 험악한 세상에 함부로 나서지 말아. 조심해요.

가영   (애교) 명심하겠습니다.

친구1   그러고 보니까 둘만이 아는 스릴 있는 장면이 있었던 모양이군? 위기의 순간에 오 양을 구출한 기사도 박창규였더란 말이지? 아, 이거 대단한 사건이다! 사건 전말은 여하간에 두 사람의 재회를 축하하는 노래 한 곡이 없을 수야 없지!

친구1, 술잔을 단숨에 비우더니 일어나 노련하게 반주기의 번호를 누르고 마이크를 잡으면 노래(공연 시에 연출이 음악 선정. 매 공연 때마다 곡이 바뀔 수도 있음)의 전주곡이 흘러나온다. 얼른 일어나 친구1에게로 다가가서 보조를 맞추는 여자. 친구1은 흥겹게 노래를 부른다. 친구1이 노래를 부르는 동안 가영이 창규에게 선곡을 권하고 창규의 선곡에 의해 가영이 번호를 예약. 친구1의 노래가 끝나고 창규가 마이크를 넘겨받아 노래(공연 시에 연출이 음악 선정. 매 공연 때마다 곡이 바뀔 수도 있음)를 부른다.

이 장면 잠시 암전됐다가 다시 밝아지면 자리에는 창규와 가영이만 남았다. 창규는 많이 취한 상태다.

창규   아까 그 친구 말이야, 내일이면 날 문초할 텐데 어떻게 하지? 여자 하나 못 다뤄서 퇴짜를 맞았느냐고 놀려댈 텐데 어떡하지?

가영   멋진 데이트 했다고 말씀드리면 되잖아요.

창규   날 보고 거짓말을 하라? 퇴짜 맞는 것도 모자라서 거짓말까지 하라고? 난 그렇게는 못 해. (잔에 술을 부어 벌컥벌컥 마셔 버린다)

가영   (안주를 건네주며) 이젠 취하셨어요.

창규   나, 안 취했어. 안 취했어요. (주섬주섬 지갑을 꺼내더니 수표 한 장을 가영에게 잡혀주고는) 손님을 쫓아내려는 그 술책에 넘어가지 않아.

또다시 잔에 술을 가득 부어 단숨에 마시는 창규, 그러고는 가영의 얼굴을 뚫어지게 보다가 그만 일어서는데 비칠 중심을

24

잃고 그 자리에 쓰러진다. 가영, 창규를 떠받들려고 하나 그 몸 무게에 못 이겨 함께 쓰러지고 만다.

3. 아파트 (같은 밤, 새벽 가까운)

동숙이 잠을 설쳐 깬 듯한 얼굴로 방에서 나와 주방으로 들어 가더니 곧 물컵을 들고 마시며 나온다. 가영의 방문을 살며시 열어본다. 고개를 갸웃하며 이상하다는 표정이 되는데 현관문 을 따고 들어서는 가영.

가영　(기운 없는 소리로) 아직 안 잤어?

동숙　웬일이야, 이렇게 늦게? 지금 몇 시야?

가영　그렇게 됐어.

동숙　(가영의 얼굴을 뜯어보며) 2차 간 거야? 새침데기! 2차 가고는 표 안 내려고 일찍 들어오는 거지?

가영　(소파에 앉으며) 그랬으면 늘어지게 자고 와야지.

동숙　그만 가버리지, 왜 이렇게 어중간하게 들어와?

가영　미쳤니? 내가 왜 2차를 가?

동숙　그래, 난 미친년이다.

가영　왜 이래? 널 보고 미친년이라고는 하지 않았다.

동숙　(넋두리하듯) 넌 2차라면 십 리 백 리 밖으로 달아나 는 고상한 년, 난 죽기 살기로 2차에 매달리는 년, 각자 세상 사는 방식이 다를 뿐이다. 거기에 미치고 안 미치고는 없어. 너는 가면 미친 짓이고 나는 안 미친 짓이다, 이 말이야. 그런데 이 시간까지 가자고 꼬시는 놈 하나도 없었어?

가영 있었지. 왜 없어? 술이 곤드레만드레가 돼서 집까지 바래다주고 왔다, 왜?

동숙 (가영의 옆에 앉으며) 정말? 와! 그 소리 들으니 내 잠이 확 달아나 버린다, 얘. 가지, 그냥 가지, 왜 그만 들어와? 2차 그거 나쁜 거 아니다. 우리한테는 그게 최고의 상술이잖아.

가영 (지갑에서 수표를 꺼내 보여주며) 2차 안 가도 이렇게 벌었다. 됐지?

동숙 뭐야? 수표 아냐? (낚아채 보곤 눈이 동그래지며) 아니, 이게 얼마야?

가영 (수표를 도로 받아 지갑에 넣으며) 이러면 됐지, 뭘 구질구질하게 2차까지 가고 그래?

동숙 너, 그거 정말 받은 거야?

가영 그럼 내가 도둑질이나 강도질을 했을라고?

동숙 그런데… 그런데도 넌 안 간 거니? 가자고 준 것인데도? 분명히 그래서 준 것인데 그냥 왔다, 이 말이지?

가영 이런 거 받는다고 꼭 2차를 가야 해? 안 그런 사람도 있어.

동숙 어느 미친놈이 그냥 이 큰돈을 줘? 널, 뭘 보고? 고작 해야 술 몇 잔 따르고 기분 맞춰준 것뿐일 텐데 이런 걸 줘? 그러고 보니 너 기술 좋다! 도대체 어떤 사람이야? 알던 사람이야?

가영   두 번 만났을 뿐이야.

동숙   어떤 사람인데?

가영   이거 돌려줄 거야.

동숙   도둑년!

가영   돌려준다니까!

동숙   엉큼한 년!

가영   돌려주지 말까?

동숙   그따위 것 뭐 하러 받아와서는 날 약 올리는 거야? 너, 지금 마음속으로 계산하고 있는 거지?

가영   무슨 계산?

동숙   냉큼 받아와서는 그래도 양심은 있어서 돌려줄까 말까 돌려줄까 말까, 생각은 하면서도 챙겨 넣으면 어떤 결과가 올까, 그걸 계산하고 있는 거지? 그렇지? 그렇지? 이거 그냥 챙겨 넣으면 그 사람과의 사이에 더 이상의 진전은 없다, 그래서 깨끗이 돌려줌으로써 좋은 인상 주고 그 대신 야금야금 우려내자, 그런 심보 아냐? 그래서 돌려주려는 거지? 차라리 요구하는 대로 응해주고 그 대가로 고액을 받았다, 이렇게 하는 게 순리 아냐? 그렇게 하란 말야. 내 말 들어. 인생, 그렇게 이것저것 재가면서 살 것 없다니까. 지나고 보면 똑같아.

가영 넌 어쩜 그렇게 사람 속을 훤히…?

동숙 (말을 가로채) 그렇지? 내 말이 맞지?

가영 어이없는 소리 작작 해! 이 수표는 분명히 돌려준다고 했어. 돌려주면 일단 끝인데 넌 왜 쓸데없는 상상으로 사람을 몰아세우고 그래?

동숙 돌려주지 마! 돌려줄 걸 왜 받아?

가영 술 취한 사람에게 그냥 돌려줬다간 자칫 잘못하면 오해받기 쉬워. 돌려줬는데 어쩌다가 잃어버리기나 해봐. 나중에 술 깨고 나서 그때 상황은 전혀 모르고 수표가 없어졌다, 그렇게 되면 나만 괜히 오해받아. 그런 일 없으란 법 없다.

동숙 그러니까 복잡하게 생각할 것 뭐 있어? 그냥 가버리지. 누이 좋고 매부 좋다고 돈 벌고 기분 내고…. 너, 누굴 위해 수절하는 것도 아니잖아.

가영 난 내 마음이 가지 않는 사람에겐 정을 줄 수 없어. 정을 못 느끼는데 왜 쓸데없는 거래를 하니?

동숙 정, 그거 아무것도 아니다. 아껴서 뭐 할 건데? 은행에서 돈으로 바꿔준다던? 줄 때는 팍팍 줘버려! 줘도 괜찮아. 너처럼 아, 이건 아니다 하고 마음을 닫아놓고 있으니까 그렇지, 마음만 열면 정 줘야 할 사람 많아. 정 주고 받으면서 살아. 줄 땐 주고, 받을 땐 받아. 사람이 가는 게 있어야 오는 게 있지. 그게 인생

살인 걸 잘 알면서….

가영 그래서 진호 그 사람한테 정을 주니?

동숙 진호 그 앤 달라.

가영 뭐가 다른데?

동숙 새카맣게 어린 동생 같은 애한테 어떻게 그런 정을 주니?

가영 어리긴 뭐가 어려? 요즘은 너 같은 연상 쌔고 쌨어.

동숙 그래서 뭐야? 그 애랑 결혼이라도 하라는 거야, 뭐야?

가영 못 할 것도 없지, 뭐. 너 좋다고 죽자 살자 따라다니고 이제는 돈까지 갖다 맡기잖아.

동숙 그냥 누나일 뿐이야. 가다 오다 만난 누나와 동생… 뭐, 그쯤으로 여기자.

가영 동숙아, 너 진호 마음 몰라? 몰라서 그런 말을 하니? 알면서도 나한테 말로만 안개를 뿜는 거니? 실은 너도 받아들일 마음, 있는 거 아닌가?

동숙 난 이렇게 사는 게 좋아. 새별이 키우면서 혼자서 산다니까. 말했잖아. 앞으로의 내 인생은 새별이를 위해서 바친다고. 그래서 누가 뭐래도, 헤픈 년이라고 욕하고 손가락질해도 정과 돈, 돈과 정을 바꿔가면서 돈 모을 거야. 우리 새별이를 위해서는 돈이 있어야 하니까. 넌 마음을 닫아놓고 살지만 나는 마음 열어놓고 살 거야. 내 이 가슴에서 정이 마르지 않는 한 정 줘가면서 살 거야. (가영의 손을 잡고) 오가영, 우리 이 생활도 얼마 남지 않았어. 오십 넘으면 누가 받아주기라도 하겠어? 어느 노래방에서 불러주겠어? 퇴물이야. 퇴물 될 때까지 열심히 벌어야잖아? 벌어서 모으자. 정 그거, 줄 때는 팍팍 주면서 받을 건 받으면서 살자. 응? 그 다음은 또 다른 생활을 찾는 거야. 난 뭐든지 장사를 할 거야. 그때는 돈이 밑천이지만 지금은 정이 밑천이거든. 넌 아무 데나 정을 뿌리지 않았으니까 그 가슴에 많이 저장돼 있잖아.

가영 벌써 다 썼어. 너 알기 전 먼 옛날에 다 써 버렸다.

동숙 먼 옛날? 호호호….

가영이 씁쓸히 미소를 지을 뿐인데 동숙의 웃음이 위로 뜬다.

4. 아파트 (오후)

진호가 와 있다. 소파에서 가영이 끓여온 차를 마신다.

가영 진호씨, 오늘은 빨리 안 가도 되나요? 동숙이 혹시 늦을지도 모르는데….

진호 괜찮아요. 배는 모레 출항하니까 내일 가도 돼요. 어디 갔죠?

가영	(진호 옆에 앉으며) 아까 전화 받고 나갔는데 어디 간단 말은 안 하고 갔어요. 좋은 데 갔는지도 몰라요.
진호	좋은 데라니요?
가영	글쎄요… 보통 말 안 하고 나갈 땐 나중에 알고 보면 재미있는 시간 보내고 오더라구요.
진호	요즘 건강은 괜찮아요?
가영	그럭저럭 잘 지내고 있어요.
진호	가영이 누나가 잘 돌봐주세요.
가영	둘이 똑같은 처지인데 누가 누굴 돌봐주고 할 거 있나요? 둘이 서로 기대 가면서 사는 거죠.
진호	요사이도 새별이 자주 만나러 가나요?
가영	일주일에 한 번 꼴은 꼭 다녀와요. 왜? 새별이 한 번 보고 싶어요? 어떤 앤지 궁금하죠?
진호	(피식 웃는다)
가영	동숙이 악착같이 돈 버는 것도 다 그 애 때문이에요. 진호 씬, 애 딸린 여자가 뭐 좋다고…? (하면서 얼른 진호의 표정을 살핀다)
진호	(또 피식 웃는다)
가영	연상도 훨씬 연상인데….
진호	나이가 무슨 상관이죠? 그래 봤자 고작 열 살 차이…, 스무 살, 서른 살 위면 어때요? 좋아하는 마음에 다른 조건이 조금이라도 끼어들면 그건 사랑이 아니라고 봐요.

가영　　그러나 엄연한 현실이 있잖아요. 현실을 무시할 순 없지요.

진호　　현실은 누가 만들지요?

가영　　현실은 만드는 게 아니라 있는 그대로지요. 받아들일 수밖에 없는 환경이지요. 진호씨가 바다에 나가 있을 때는 그 바다가 편안한 들판일 수는 없잖아요? 그때 현실을 안 받아들일 수 있나요?

진호　　바다엔 꼭 파도만 있는 게 아닙니다. 육지라곤 보이지 않는 망망대해가 아주 잔잔할 땐 그야말로 마음의 안정을 얻습니다. 모든 게 장벽으로만 우리 앞에 다가오는 건 아니에요.

가영　　결국 장벽은 동숙이 마음이겠지요?

진호　　하루에 열두 번도 더 바뀌는 게 마음이지요.

가영　　동숙이 마음을 꽉 붙들어요.

진호　　그러니까 이렇게 오는 것 아닙니까.

이때 현관문 열리는 소리에 이어 동숙이 들어온다. 진호, 일어서서 맞이하는 거리를 취하는데 아랑곳없이 자기 방에 핸드백을 던져두고 소파에 앉는 동숙의 표정은 무덤덤해 보인다.

동숙　　(흘긋 진호를 돌아다보곤) 언제 왔어?

진호　　얼마 안 됐어.

동숙　　… 얼굴 봤으면 이젠 가.

진호 누나, 다시 나가자. 가영이 누나도 같이 나갔다가 일찍 저녁 먹고 들어와요. 시간 낼 수 있죠?

가영 글쎄요…. (동숙의 반응을 기다린다)

동숙 그냥 가라니까.

진호 내일 가도 돼. 오늘은 시간 있어.

동숙 나 지금 피곤해.

진호 그러니까 나가서 고기 먹고 오자. 피곤한 건 몸이 부실해서야. 저번에 내가 왔을 때 감기 몸살로 고생이던데 누나 몸은 지금 총체적인 부실이야. 나가자고. 오늘은 일 가지 마. 내가 몸보신 시켜줄게.

동숙 (일어서며) 이 바보야! 나 지금 어디서 왔는지 알기나 해?

가영 동숙아!

진호 어디서 왔으면 뭐 하며 뭘 했는지 알아서 뭐 할 건데?

동숙 이 바보 같은 새끼야!

진호 바보 같은 새끼? 그래, 나 바보다. 바보라서 누나 좋아한다, 왜? 바보라서 누나 데리고 나가려는데 응해주면 안 되나?

동숙 나 지금 돈 많은 영감하고 놀다 왔다니까. 재미 보고 왔어! 그래서 너 같은 피라미는 안중에도 없다니까. 그러니까 그냥 가. 가버리란 말야!

가영 (동숙에게 타이르듯) 멀리서 오랜만에 찾아온 사람한테 너무하는 것 같다.

동숙 날 왜 찾아오는데?

가영 그야…. (머뭇하며 진호를 본다)

진호 누나도 바보야? 내가 왜 오는데? 그것도 몰라? 누난 나처럼 바보 아니잖아?

동숙 난 바보 아니니까 이제 가라고 하잖아. 왜 자꾸 와서 사람 귀찮게 하는데?

진호 내가 오는 게 귀찮아? 언젠 내가 보고 싶다고….

동숙 (말을 가로채) 그건 지나간 이야기야! 남자가 치사하게 말 한마디를 곧이곧대로 듣고….

진호 (역시 말을 잘라) 누나가 뭐라 해도 난 그 말을 이 세상 끝까지 가지고 갈 거야. 그때 그 말, 보고 싶다는 그 말, 바다에 나가면 멀리 육지 쪽에서부터 언제나 들려와. 그래서 배가 육지에 닿기만 하면 곧바로 누나한테 달려오는 거라고. 난 누나 곁에 항상 있을 거야.

동숙 있든지 말든지 네 맘대로 해! (자기 방으로 휑하니 들어가 버린다)

진호, 동숙의 방으로 다가가려다가 돌아서더니 소파에 와 앉는다. 그래도 얼굴 표정에는 아무 동요가 없다.

가영 (일부러 소리를 높여) 진호씨, 어때요? 동숙이 놔두고 나랑 나갔다 오지 않을래요? 닭 대신 꿩이라고 내가 진호씨 기분 맞춰줄게.

진호   (일어서며) 누나가 싫다면 그냥 가야죠.

가영   그래도 그렇지. 남자가 칼을 뺐으면 무라도 자르는 시늉을 해야지. 안 그래요? 오늘 내 방 비워줄 테니까 모텔 가지 말고 여기서 자고 가도 돼. 진호 씨, 나랑 같이 나가자구요.

가영이 얼른 자기 방으로 들어가더니 이내 핸드백을 챙겨들고 나온다.

가영   진호씨, 가요. (눈을 찡긋해 보이며 현관으로 앞서 나간다)

진호   (어쩔 수 없이 따르는데)….

동숙   (방에서 나오며) 어딜 가는데?

가영   (주춤 선다)…!

진호   (역시)…?

동숙   (현관으로 가다가 두 사람을 돌아보며 다그치듯) 나간다며? 안 갈 거야? (휭 밖으로 나간다)

무대 급히 암전됐다가 다시 밝아지면 가영과 동숙이 밖에서 들어온다.

동숙   가영이 너, 정말 오늘 진호 재울 거야?

가영   우리 오늘은 그만 일 나가지 말자. 시끄러운 음악 소리에서 벗어나 보자. 셋이서 이런저런 얘기 나누며

하룻밤 지내보는 것도 괜찮을 것 같다. (하며 소파에 기
대앉는다)

동숙 팔자 좋은 소리. 너희 둘이 놀아! 난 나갔다 올 테니
까. (하며 방으로 들어가려는데)

가영 어차피 진호 저 사람 받아들여야 할걸.

동숙 뭐?

가영 (일어서며) 그렇게 되게 돼 있어.

동숙 네가 뭘 알아? 점쟁이야?

가영 저렇게 힘센 남자는 처음 본다. (하고는 방으로 퇴장)

동숙 (혼잣소리로 음미하듯) 힘센 남자?

이때, 진호가 종이가방을 들고 들어오는데 정말 힘이 센가
살피기라도 하듯 진호를 보는 동숙에게 진호가 종이가방을
내민다.

동숙 뭐야?

진호 받아.

동숙 뭐냐니까?

진호 (종이가방을 탁자 위에 놓으며) 아까 누나가 입어보던 그
옷이야.

동숙 (진호를 빤히 쏘아보며) 누가 널 보고 이런 거 사 오랬
어? 도로 갖다줘!

진호 잘 어울리던 걸 뭘…. 누나 입고 다녀.

동숙	그냥 한번 입어본 거야. 나 이런 옷 안 입어!
진호	왜 안 입어? 좋으면 입는 거지. 나, 이 옷 입고 다니는 누나 모습 보고 싶어.
동숙	싫어! 갖다줘!
진호	그냥 입어. 내가 좋다는데….
동숙	(종이가방을 현관 쪽으로 집어 던지며) 안 입는다니까 왜 말이 많아? 갖다주란 말야!
진호	(멀뚱히 동숙을 본다)
동숙	내가 저런 옷에 환장한 년으로 보여? 그렇게 보여?
진호	…누나 …화났어?
동숙	너, 바다에서 목숨 걸고 번 돈을 이따위로 써버리고 싶어? 내가 옷 못 입는 거지꼴로 보이니?
진호	그게 아니고 누나가 입어보고 너무 좋아하기에….
동숙	좋아한다고 내 의사는 물어보지 않고 무조건 사 와? 얼른 옷 갖고 사라져! 가란 말야!

두 사람, 각기 다른 눈빛으로 마주 보는 사이….

동숙	(진호에게 등을 보이며 조용히) 가. 그냥 가.
진호	(동숙의 뒷모습을 잠시 보다가) …그래 갈게. …잘 있어. (종이가방을 챙겨 들고 현관으로 향한다)
동숙	(그대로 서서 가라앉은 소리로) 진호야….
진호	(돌아선다)

동숙   (그러나 팩) 아냐. 가! 가란 말야! 꺼져버려!

천천히 나가는 진호. 동숙, 그 자리에 그냥 서 있을 뿐이다. 가영이 방에서 나와 동숙을 가만히 본다. 동숙은 그 자리에 마냥 서 있다. 그 옆에 가만히 다가서는 가영. 잠시 사이.

가영   … 우는 거야?

동숙   (벌써부터… 뺨에 눈물이 흘러내리고 있었다)

가영   울지 마. …아니, 울고 싶을 땐 울어. …울어.

동숙   (천천히 소파에 앉으며) 자식이… 왜 사람 마음을 자꾸 건드려…?

이때, 가영의 핸드폰 소리. 가영, 받는다.

가영   여보세요… 예. 안녕하세요?… 지금? 거기 어디시죠?… 아니, 절 만나시려거든 그때 그 노래방으로 오세요… 예… 거기는 안 돼요… 예… 예. (끊는다)

동숙   (기분을 추슬렀다) 누구니?

가영   (예사롭게) 알 거 없어.

동숙   (벌컥) 얘!

가영   (멀뚱히 보다가) 왜 소리를 지르고 그래?

동숙   누구냐니까? 그만 물어보지 말까? 그래, 그럼. (벌떡 일어선다)

가영   그 남자야. …수표.

동숙   나가지 그래. 시간비 받으면 될 거 아냐? 비위 맞춰 주고 같이 술 마시고 시간비 받으면 될 걸 왜 튕기고 그래?

가영   난 노래방 도우미거든. 쓸데없는 일에 힘을 빼앗기고 싶진 않아. 이 일 하는 한 노래방에서 돈 벌어야지 한눈팔긴 싫어.

동숙   어이쿠, 대단한 직업의식이 발동했군!

가영   직업의식? 호호호, 이것도 직업인가? 그래, 그래, 직업이지. 엄연히 직업. 그러니까 노래방 아닌 곳에서 술 마시고 히히거리다가 콜 안 들어오면 결국 내 손해야. 신의를 지켜야 하는 것도 직업상 도리 아닐까?

동숙   그래서 노래방에서만 수표를 만나겠다고? 너 생각 잘해!

가영   무슨 생각?

동숙   누누이 말했지만, 이깟 인생 뭐 그리 지킬 것이 많다고 따져가면서 살아? 적당히 즐기면서 살라니까. 그만 수표 값 해줘 버려. 그래야 또 수표가 들어온다니까.

가영의 핸드폰이 또 울린다. 가영, 받지 않는다.

동숙   안 받아? (가영이 계속 핸드폰을 받지 않자) 고객 관리 잘해.

가영   (받는다) 여보세요. …예, 노래방에서 만나자니까요. …예. …그래요? 알았어요. (전화 끊고 방으로 들어간다)

동숙   (가영의 등에다 대고) 얘, 오늘도 수표 주거든 냉큼 받아와.

5. 노래방 (초저녁)

창규가 아들딸과 자리를 함께하고 있다. 딸은 창규 옆자리, 아들은 건너편 자리.

딸   아빠, 오늘 웬일이세요? 우릴 노래방에 다 데려오고…. 이런 데서 아빠와 함께 하는 이 시간, 오빠 기분 어때?

아들   아버지, 오늘 뭐 특별한 날이에요? 가만있자…. (생각하는)

창규   특별한 날은 무슨…. 우리 가족끼리 함께 술 마시고 노래도 부르고…. 문득 이 애비가 너희들한테 너무 무심했던 게 아닌가 하는 생각이 들어서 이렇게 자리를 마련해 봤다. 다른 집들은 가족끼리 노래방에 자주 오는 모양이더라. 바쁘다는 핑계로 너희들과 같이하는 시간이 거의 없었잖니? 자, 우리 한잔 하자. (딸에게) 현주야, 여자들도 분위기에 맞춰 술을 할

줄 알아야 한다.

아들　아버지, 현주 술 잘해요. 주량이 소주 한 병이에요.

창규　(놀람) 그래? 그렇다고 너무 많이 마시면 안 된다.

딸　아빠, 나 소주 두 병쯤 마셔도 끄떡없어요. 주량이 두 병 반, 아니 세 병? 네 병?

창규　(눈이 둥그레지며) 뭐? 소주를 세 병 네 병이나?

딸　아빠 놀라셨죠?

창규　애 현국아, 현주 말이 정말이니? 정말 주량이…?

딸　홋호호….

아들　거짓말이에요.

딸　호호호, 아빠 놀라셨죠? 내 친구가 그래요.

창규　아니, 여자애가 그렇게 많이 마셔?

딸　남학생들이 못 당해요. 그 앤 술이 물이래요. 암만 마셔도 취하지를 않아요. 몸집이 크냐 하면 그렇지도 않아요. 쬐그만 계집애가 예쁘게 생겼는데 술자리에서는 남자애들이 두 손 든다니까요. 이 애는 맨숭맨숭한데 남자애들은 다 나가떨어져요.

창규　특수체질인가 보지. 아니면 집안 내력이든지….

딸　그 애 아빠는 술을 통 못 한대요.

창규　그럼, 할아버지가 많이 하셨겠지, 뭐. 어쨌든 술은 적당히 마셔야 돼. 이 아빠는 술 앞에 남녀 구분하고 싶지는 않아요. 그만큼 개방적이다, 이 말이야. 알겠지, 현주? 그렇다고 과음은 절대 금물!

딸	그야 당연하지요. 오빠, 잘 들었지? 앞으로 나한테 술 자주 사야 돼. 친구들도 좋지만 이 동생한테도 이따금 술 사면 혹 좋은 일이 생길는지도 모르거든.
아들	좋은 일? 그게 뭔데?
딸	오빤 눈치도 없어?
창규	참한 친구 있거든 오빠한테 소개도 하고 그래. 나도 어서 며느리 좀 보자.
딸	알아들었지?
아들	기대해볼까?
딸	좋아!
창규	자, 한 잔 들고 현주 너 노래해라. 우리 딸 노래 한번 들어보자. (술을 마신다)
딸	아빠 먼저 해요. 아빠 노래 듣고 싶다.
창규	내가 먼저?
딸	그래요. 아빠 무슨 노래?
창규	뭘 할까?

이때 문이 열리며 가영이 들어서다가 실내 분위기에 주춤, 도로 나가려는데 창규가 얼른 가영을 붙잡는다.

창규	이리 와요.
가영	…? (어쩌지 못하고 어색하기만)
창규	자, 여기 앉아요. (가영을 붙들어 자리에 앉히며) 너희들

	인사해라. 내가 가까이하는 사람이다. 여기는 내 아
	들과 딸.
아들·딸	…?
가영	저, 박 사장님….
창규	(가영의 말을 막으며 아들딸에게) 이거 뜻밖이지? 내가 진
	짜 좋아하는 사람이다. 그래서 너희들한테 소개하는
	거야.
딸	아빠.
창규	그래, 그래. 놀랬지? 그러나 언젠가는 너희들한테 알
	려야 할 일, 그래서….
가영	(창규의 말을 가로채어) 박 사장님!
창규	가영 씨도 놀랐겠죠?
가영	(일어나며) 저는 가겠습니다.
창규	(가영의 팔을 붙들어 앉히며) 앉아요. 이왕 들어온 이상
	내 허락 없이는 여기서 못 나가요.
가영	(창규를 어이없이 보다가 작심한 듯) 그렇다면 좋아요. 저,
	인사할게요. 안녕하세요? 저는 이 노래방 도우미 오
	가영이라고 해요. 잘 부탁합니다.
창규	(예상 밖) 아니, 그건…?
딸	(창규를 쏘아보며) 아빠!
아들	…?!
가영	박 사장님, 제 술 한 잔 주세요.
창규	그래, 드려야지. (잔을 비우고 권한다)

가영	(단숨에 잔을 비우고 창규에게 권하며 일부러) 오늘 술이 당기는 것 같네요. 박 사장님이 이런 좋은 자리에 불러 주셔서 그런가 봐요.
딸	오빠! 우리 나가!
아들	현주야….
딸	나가자니까! (자리를 박차고 일어나 휭하니 밖으로 나가버린다)
아들	아버지, 저도 그만…. (일어나려는데)
창규	어허! 왜 이래? 너마저 이 애비 기분을 망쳐야겠어? 남자는 뭔가 달라도 달라야잖아? 남자끼리 통하는 데가 있어야지! (술잔을 비우고 아들에게 주며) 자, 받아라.
가영	(아들이 받은 잔에 술을 따른다)
창규	현국아, 아줌마한테 한 잔 권해라.
아들	(마시고 권한다)
창규	(어색한 분위기를 무마하려는 듯) 현국아, 나 노래 하나 한다.
가영	그래요. (곡목집을 들며) 뭘 하시겠어요?
창규	(노래 제목을 일러준다)

가영이 재빨리 곡 번호를 누르면 창규, 일어나 마이크를 들고 노래(공연 시에 연출이 음악 선정, 매 공연 때마다 곡이 바뀔 수도 있음)를 부르기 시작한다. 창규 앞으로 가서 의도적으로 농익은 율동과 박수로 분위기를 맞추는 가영의 제스처. 아들은

이런 모습을 보며 술을 홀짝이다가 기회를 틈타서 슬며시
밖으로 나간다. 창규와 가영은 그들 자신의 가무에 취해 아
들의 사라짐을 눈치 못 채게 된다. 두 사람 노래 끝나고 자
리로 온다.

가영 아드님은 가셨나 봐요.

창규 (가영에게 잔을 건넨다)

가영 (받으며) 오늘 장난이 너무 심하셨어요. 자녀분들이 무
척 놀랐을 거예요.

창규 장난이라고?

가영 (술을 들이켜고) 뜬금없이 이런 노래방에서 나 같은 여
잘 좋아하는 사람이라고 들이댔으니 어느 아들딸인
들 놀라지 않겠어요? 박 사장님, 저도 사실은 기분
나빠요. 이건 어쩌면 저에 대한 모욕일 수도 있어요.
아무리 이런 생활을 하는 여자지만 너무했다고 생각
지 않으세요?

창규 정말 장난으로 보이나?

가영 한순간 해프닝으로 여기기엔 너무 지나쳤어요. 자,
벌주 한 잔 받으세요. (잔을 내민다)

창규 (가영의 옆자리로 옮겨 앉아 잔은 받아 놓으며) 나, 오가영에게
지금 청혼한다. 이 홀아비가 가영이한테 청혼한다.

가영 (창규를 가만히 볼 뿐)…?

창규 왜, 안 되나? 지금 정식으로 청혼한다니까.

가영 홋호호…. 박 사장님, 웃기지 마세요.

창규 웃긴 왜 웃어?

가영 호호호, 우습잖아요?

창규 장난이 아니라니까. 진심이야. 나, 가영이와 결혼하고 싶어. 가영인 앞으로 결혼 같은 거 안 할 참이야? 안 할 거야?

가영 왜 안 해요? 해야지요.

창규 그럼, 나랑 해.

가영 박 사장님. (정색을 하며 잠시 뜸을 들인다)

창규 그래, 말해 봐요.

가영 전… 결혼은 해도 떳떳하게 하고 싶어요.

창규 아, 상대가 총각이라야 한다 그 말이군? 그럼, 가영인 지금까지 처녀로 살아왔나? 아직도 처녀란 말인가?

가영 처녀는 무슨…? 어떻게 이 나이에 처녀일 수가 있어요? 제 말은….

창규 (말을 가로채어) 그럼 됐네. 처녀가 아닌 여자와 총각이 아닌 남자가 결혼 못 할 리가 없잖아? 우리 결혼해요.

가영 제 말은 결혼을 해도 이 생활을 청산하고 난 뒤에 하겠다는 거지요.

창규 그게 언젠데? 그때까지 내가 기다릴까?

가영 그러니까 그게… 여기서는 않겠다는 거죠. 저 멀리 아무도 모르는 곳으로 가서…, 아시겠어요?

창규 그러니까….

가영 두고두고 책잡힐 결혼은 않겠다는 거지요. 어쩌다 보니까 이런 생활에 접어들었지만 다행히 결혼을 하게 된다면 내 이런 전력은 밝히고 싶지 않아요. 나혼자 가슴속에 묻어두는 생활로 하고 싶어요. 감추는 거지요. 떳떳하지 못하면 감춰야지요. 그래서 어쩌면 결혼 못 할는지도 모르지요. 못 하면 어때요? 혼자 살다 가는 사람이 쎄고 쎘는데 나도 그중의 한 사람이 되는 거지요. 제 이야기가 너무 길었나요? 박 사장님, 미안합니다. (술을 부어 단숨에 들이켠다)

창규 미안하면 나랑 결혼해. 정식 청혼은 오늘이고 답은 내일부터 듣기로 하지. 기다리겠어.

가영 박 사장님, 이제 그런 말씀은 그만하시지요.

창규 어허 이거 참, 정말 장난이 아니라니까!

가영 예. 장난이 아니라고 해요. 그러나 자녀분들에게 제 신분도 밝혔으니까 이제 끝난 이야기로 하지요. (잔을 불쑥 내밀고) 술 한 잔 주세요.

창규 (가영을 뚫어지게 본다)

가영 주세요.

창규 난 내일부터 답 기다린다.

가영 (자기 잔에 술을 따르며) 기다리지 마세요.

무대 급히 암전됐다가 다시 밝아지면 가영은 보이지 않고 창규는 술이 많이 되었는지 눈을 감고 의자에 깊숙이 기대앉아

있다. 잠이 든 듯…? 좀 있어 가영이 밖에서 들어온다.

가영   (옆에 앉아 창규의 어깨를 흔들며) 박 사장님, 박 사장님.

창규   (눈을 게슴츠레 뜨고 가영을 본다) 어, 내가 깜박했었나? (바로 앉는다)

가영   이제 가셔야죠.

창규   술 더 가져와요.

가영   안 돼요. 과음하셨어요.

창규   과음? 핫하하, 이렇게 말끔한데? 가져와요.

가영   저도 나가봐야 돼요.

창규   오늘 밤 내가 당신을 전세 내면 되잖아. 됐지? 됐지요, 오가영 씨? (하며 지갑을 꺼낸다)

가영   (창규의 손을 잡고 제지하며) 박 사장님, 이러지 마세요. 호의는 충분히 알겠는데 콜 들어왔거든요. 이해해 주세요.

창규   오늘 하루쯤 당신 마음대로 못 하나?

가영   제 마음이 그래요. 부르면 가 봐야지요. 그 사람들 덕에 먹고 사는데 어떻게 하루쯤이라고 예사롭게 넘길 수 있어요?

창규   그래, 그런 것은 예사롭지 않고 내 말은 예사롭게 들어넘기겠다 그 말이군? 나, 내일부터 가영이 대답을 기다리겠다고 했어요.

가영   박 사장님, 인생에 확실한 대답이 있을 수 있을까요?

창규	확실한 대답? 이건 예스냐, 노냐 둘 중 하나면 되는데 확실한 대답이 왜 없다는 건가?
가영	확실한 대답에는 책임이 따르지요.
창규	그래서 대답을 회피하겠다? 노─란 말이군. (술잔을 들고 마시려고 하나 빈 잔이다) 술 가져와요.
가영	그만하시라니까요.
창규	왜? 왜 그만해? 그만하라고 말할 권리가 있어, 당신한테?
가영	호호호, 권리야 없지요.
창규	그것 봐. 가져와. 나는 마시고 가영이는 안 마시면 되잖아. 나, 고객의 권리로 술을 요구한다니까.
가영	늦었어요. 이젠 댁에 들어가셔야지요. 자녀분들이 기다리잖아요.
창규	그 애들이 왜 날 기다려? 그 애들은 그 애들의 세계가 있고 난 나대로의 세계가 따로 있어. 내 이 세계에 당신 자리를 마련해 놓겠다는데 왜 받아들이지 않아?
가영	(잠시 곤혹스런 빛으로 있다가 새삼스럽다시피) 박 사장님, 그 말씀 정말 진심으로 하시는 말씀이세요?
창규	허어 참, 사람 말을 지금까지 뭣으로 알아들었나? 정말 장난으로 알아들었어?
가영	박 사장님이 하신 말씀은 모두 노래방에서 하셨으니까요!

창규 모두 노래방? 그래서?

가영 노래방은 술 마시고 노래하며 나 같은 도우미 희롱하고 즐기는 곳이잖아요. 언약하는 곳은 아니니까요.

창규 언약하는 곳이 아니다? 그럼…, (일어나 가영의 팔을 잡아끌며) 밖으로 나가. 나가서 언약하자고. 하늘이 내려다보는 곳에서 내 이 진심을 가영이 가슴에 심어줄게. 나가자고.

창규, 가영을 억지로 끌고 밖으로 나가려는데 벌컥 문이 열리며 딸이 들어선다.

딸 아빠! (소리치며 두 사람을 날카롭게 쏘아본다)

6. 아파트 (저녁 무렵)

동숙과 진호. 가영은 자기 방에 있다.

동숙 (쌀쌀맞게) 일 나갈 시간에 왜 왔어? 오려면 일찍 오든지….

진호 배 정리하고 오다 보니까 이렇게 됐어.

동숙 늦었으면 내일 오든지….

진호 내일 오후에 출항이야.

동숙   (짜증 비슷) 그러면 오지 말든지.

진호   왜? 누난 내가 보기 싫어? 만나기 싫어진 거야?

동숙   (따지듯) 날 만나서 뭐 할 건데?

진호   뭐 하다니? 꼭 그런 걸 따져야 돼? 말했잖아. 난 누나
          가 무조건 좋은 거야. 무조건 좋으니까 보고 싶고, 보
          고 싶으니까 이렇게 달려온다고 했잖아.

동숙   보고 싶으니까? 이렇게 봤으면 됐네. 이젠 돌아가.
          나, 일 나가야 돼.

진호   일 나가지 마!

동숙   뭐?

진호   돈은 내가 준다고 했잖아. (가방에서 돈 봉투를 꺼내 탁자
          에 놓는다) 누난 내 돈 관리만 해. 나, 돈 더 많이 벌어
          올게. 조금 있으면 나, 선장 될 수 있어. 그렇게만 되
          면 지금보다 돈 더 많이 벌어. 누나가 고생해 가면서
          돈 안 벌어도 된다니까. 술 억지로 안 마셔도 되고
          부르기 싫은 노래 안 불러도 되고 남자들 비위 맞춘
          다고 온갖 짓 안 해도 돼.

동숙   (팩) 야!

진호   (맞받아) 누나!

동숙의 쏘아보는 시선과 진호의 당당한 시선이 맞부딪친다.

동숙   너, 이 돈으로 날 꼬시겠다는 거니? 그래, 꼬셔라. 이

몸 줄게. (진호의 팔을 잡아끌며) 들어와! 이 몸 가져라, 빨리!

진호 (버티며) 누나 마음은 어딨는데?

동숙 마음? 나, 마음 없어. 마음 잃어버린 지 오래됐어. 팽개쳤어!

진호 그럼 됐네. 나랑 같이 찾으면 되겠네. 누나 마음 어떻게 생겼어? 말해 봐. 같이 찾자.

동숙 그게 돈으로 찾아지니? 이깟 돈으로 찾아지는 거니?

진호 왜? 왜 못 찾아? 이 돈에는 내 마음이 들어있어. 한낱 종이 쪼가리로 보면 안 돼. (동숙의 두 팔을 붙들고 얼굴을 똑바로 대면하며) 잘 봐, 내 마음. 내 마음이 들어있다니까.

동숙, 진호의 팔을 뿌리치고 방으로 쏜살같이 들어가더니 곧장 통장을 갖고 나와 탁자에 던져놓는다.

동숙 필요 없어! 가지고 가! 내 마음 찾을 생각 하지도 마! 내 몸이 탐나거든 언제든 돈 갖고 와. 난 그렇게 살기로 했어. 알겠어? (하며 방으로 들어가 문을 쾅 닫는다)

닫힌 방문을 원망스레 보는 진호의 얼굴. 가영이 외출(출근) 차림으로 나와 서며 진호를 측은하게 보고 있다.

7. 노래방 (조금 후)

가영과 진호가 자리하고 있다. 다소 의기소침해 있는 진호에게
가영이 술을 권한다.

가영 진호 씨, 한잔 해요. 닭 대신 꿩이라고 오늘 밤 내가
진호 씨 상대해 줄게. 그렇다고 나랑 연애하자는 건
아니고. 호호호, 천부당만부당. 진호 씨 울적한 마
음을 내가 조금이라도 풀어줄게. 자, 나도 한 잔. (잔
을 내민다)

진호 (술을 따른다)

잔을 부딪고 가영은 쭈욱 한 잔, 진호는 조금 마신다.

가영 나, 진호 씨 마음 이해해요. 충분히 동감이야. 진호 씨
가 동숙이를 사랑하는 그 마음은 너무나 고귀해요.
그러나 그 고귀함이 너무 일방적이라서 옆에서 보고
있는 내 마음까지 울적해져요. 눈물이 날 것 같아.

진호 가영이 누나….

가영 나는 이런 사랑 못 받아봤거든. 샘이 다 난다니까.

진호 요즘 와서 부쩍 저러는 이유를 모르겠어요. 가영이
누나, 뭐 생각나는 거 없어요? 전에는 저러지 않았잖

아요? 혹시 좋아하는 사람이라도 생긴 건가요? 가영
이 누나, 뭐 아는 거 없어요?

가영　　… 없어요.

진호　　(남은 술을 훌쩍 마신다)

가영　　(진호의 잔에 술을 따른다)

진호　　(한 잔을 쭈욱 마셔 버린다)

가영　　저 한 잔 안 줄래요?

진호　　(권한다)

가영　　(마시고) 진호 씨, 이제 가거든 한동안 오지 마세요.

진호　　그게 무슨 말이에요? 가영이 누난 내 마음을 알면서
어떻게 그런 말을…?

가영　　동숙이가 보고 싶어도 오지 말아요. 배가 입항하더
라도 아예 배에서 내리지 마세요. 보고 싶어도 참는
거예요. 안 올 수 있죠?

진호　　난 그렇게 못 합니다. 나한텐 동숙이 누나밖에 없는
데 어떻게 보고 싶은 마음을 꾹꾹 눌러 참으면서…,
그렇게는 못 해요. 일 년 열두 달 배가 바다에만 떠
있다면 몰라도 배가 부두에 닿았는데, 몇 걸음만 옮
기면 땅인데, 발길이 저절로 이리로 향하는데, 어떻
게…?

가영　　진호 씨, 그만 동숙일 잊어버리면 안 될까?

진호　　예?

가영　　진호 씨 마음을 저렇게 몰라주는 여자를 왜 좋아해?

그만 잊어버려요.

진호 난 잊을 수 없어요. 못 잊어요.

가영 이 세상에 쌔고 쌘 게 여잔데 저런 구닥다리 애 딸린 여자를 왜 못 잊어? 그냥 정에 못 이겨 좋아한다면 애당초 포기해요. 진호 씨, 그렇게 할 수 있죠?

진호 가영이 누나, 지금 무슨 말을 하는 거예요? 난 동숙이 누나와 꼭 결혼할 거라니까요.

가영 동숙이는 아마… 다시는 결혼 같은 건 안 할지도 몰라요.

진호 그래요. 안 해도 좋아요. 난 옆에만 있을 거예요. 결혼 안 해도 좋다니까요. 누나 옆에서 누날 지키고 있을 거예요.

가영 진호 씨, 정말?

진호 그럼요. 그럴 자신 있어요. 그게 진정 사랑하는 마음 아닐까요?

가영 진호 씨, 나 정말 감동 먹었다. (잔을 내밀며) 자, 한 잔.

진호 (술을 받는다)

가영 어서 들고 나 한 잔. 진호 씨 그 말 들으니까 나 오늘 밤 무척 취하고 싶다.

진호 (마시고 가영에게 권한다)

가영 (단숨에 들이켜곤) 진호 씬 이렇게 순수한 사랑을 바치는데 동숙이 저 년은 너무 타락했다. 진호 씨한텐 한 여자의 타락 따윈…, (자문) 아, 내가 이런 말까지 해야 하나…?

진호   하세요, 무슨 말이든.

가영   (자작을 하며) 동숙인 오직 돈밖에 몰라요. 돈이라면 아무 남자와도 잠자리를 같이해. 진호 씨도 알고 있잖아. 동숙인 그런 여자라니까. 그래도 좋아요? 진호 씨, … 동숙이가 그래도 좋으냐고?

진호   (덤덤히) 그게 뭐, 대수예요?

가영   (역시) …!

진호   나한테는 마음이 중요해요. (결연히) 가영이 누나, 나 이래 봬도 바다에서 거센 파도와 싸우는 사람입니다. 일단 바다에 나갔다 하면 어떤 파도라도 두렵지 않아요. 동숙이 누나가 어떤 파도를 몰고 와서 몰아쳐도 난 끄떡 안 할 거예요. 난 그런 마음을 동숙이 누나한테 보내고 있는데 몸, 그거 아무것도 아니라니까요. 몸, 그게 무엇인데요? 몸 따라 마음 옵니까? 마음 따라 몸 옵니까? 동숙이 누나의 마음은 벌써 (가슴을 가리키며) 여기 와 있어요. 걱정 말아요. 동숙이 누난 나한테 벌써 와 있어요. 와 있다니까요! (술을 부어 들이켜곤 일어서며) 가영이 누나, 우리 노래해요. 나도 오랜만에 기분 좋게 놀아보고 싶어요.

가영   (일어나며) 그래, 오랜만에 진호 씨 노래 한번 들어보자.

진호가 예약 번호를 누르고 곡에 맞춰 춤동작을 취하며 노래

(공연 시에 연출이 음악 선정, 매 공연 때마다 곡이 바뀔 수도 있음)를 부른다. 가영이 마주 서서 진호의 춤동작에 보조를 맞춘다. 진호의 노래가 어느 정도 나아갔을 때 불쑥 문이 열리며 들어서는 사람, 동숙이다. 가영과 진호를 확인한 동숙, 대뜸 반주기를 꺼 버린다. 동숙의 날카로운 눈빛이 가영에게 꽂힌다.

동숙 잘 논다, 놀아! 이게 뭐니?

가영 왜?

동숙 꼭 이래야 되겠어?

가영 내가 뭘? 진호 씨랑 기분 좋게 놀고 있을 뿐이야.

동숙 기분 좋게? 그렇게 기분이 좋아?

진호 누나.

동숙 넌 가만있어! (가영에게) 바다에서 죽을 고생하며 번 돈을 이런 데 데리고 와서 쓰게 만들어? 넌 양심도 없니? 뭐, 기분 좋게 놀고 있다고? 너만 기분 좋으면 다야? 비겁한 년!

가영 그래, 난 비겁한 년이다. 비겁해서 내가 돈 쓴다, 왜? 내가 돈 쓰면 비겁하니?

동숙 뭐라고? 네가 돈 쓴다고?

가영 그래. 내가 진호 씨 좀 데리고 논다. 아니, 함께 놀아주고 있다. 네가 푸대접한 사람, 기분 전환 시켜 주려고 내가 이렇게 함께 놀아주는 게 뭐 잘못되기라도 한 거야?

동숙   왜 하필 이런 델 데리고 와?

가영   그럼, 어디로 가야 하는데? 진호 씨 노래 좋아하잖
       아. 너 보고 싶어서 왔는데, 가슴이 뻥 뚫려버린 사람
       갈 곳이 어디 있어? 여기밖에 더 있어? (동숙의 손을 잡
       아끌며) 잔소리 말고 이리 와. 나, 진호 씨 돈 쓰게 하
       지 않는다. 오늘은 그까짓 돈 벌 생각 말고 오랜만에
       셋이서 한잔 하자. 이런 데서 돈 때문에 별의별 짓
       다했지만 내가 한잔 사는 맛, 이 맛도 괜찮은 것 같
       다. (다시 동숙을 잡아끌며) 야, 이리 오라니까!

동숙   (가영의 손을 확 뿌리치며 단호히) 진호야, 나가자!

진호   (난처한)…?

동숙   뭐 해? 나가자니까!

진호   누나….

동숙   나가! 나가!

동숙에게 떠밀려 나가는 진호. 가영, 가만히 서 있다. 그러다가
묘한 웃음을 입가에 띠며 핸드백을 챙겨 들고 핸드폰 모드를
전환하는데, 마침 폰 소리.

가영   (받는다) 여보세요… 예… 예.

8. 노래방 (조금 후)

딸(박창규의)이 짙은 색안경을 끼고 자리에 앉아있다. 가영이 들어서다가 의외의 손님에 주춤한다.

딸　들어와요.

가영　아가씨가…?

딸　내가 불렀어요. 앉아요.

가영　(딸을 잠시 훑어보다가) 잘생긴 남자 한 사람 불러드릴까?

딸　남자는 필요 없어요. 난 당신 같은 여자를 원하니까요. 자, 어서 앉아요. 같이 한잔하게.

가영　(불쾌, 그러나 자리에 앉으며) 아가씨 레즈비언이구나? 그렇지?

딸　뭐? 레즈비언? 홋호호….

가영　어쩌지? 난 레즈비언이 아닌데….

딸　난 이 시간 당신을 고용했어요. 레즈비언이니 뭐니, 그런 비릿한 말은 집어치우고 자, 한 잔 받지요. (잔을 내민다)

가영　(점점 불쾌, 그러나 묘하게 흥미가 동하는 듯) 고용 당하기 싫다면?

딸　일단 들어온 이상 당신의 등퇴장은 내 허락을 받을 것! 빨리 받아요.

가영　(잔을 받아서 벌컥벌컥 마시고는 딸에게 건넨다) 아가씨, 오늘 밤 나랑 대작할 수 있지? 도우미 생활에 별꼴 다 보지만 돈 버는 일인데 아가씨 구미 맞춰드려야지. 아니, 추접스럽게 치근거리는 남자들보다야 훨씬 낫겠다. 나, 아가씨한테 오늘 밤을 몽땅 내줄 테니까 돈 좀 써라. 되겠지? (자작으로 두세 잔을 마셔댄다) 나, 아가씨 기분 맞춰줄게. 오케이?

딸이 술을 마시자 가영이, 과일을 집어 딸에게 서비스한다.

가영　(작위적인 언행이 된다) 아가씨, 노래 안 불러? 무슨 노래 좋아해? (곡목집을 내밀며) 트로트? 발라드? 요즘 유행하는 신세대 노래가 뭐지?

딸　(곡목집을 밀어내며) 이억칠천사백팔십일만이천삼백구십육 번.

가영　…?

딸　아줌마, 안 들려요? 오억팔천삼백구십육만사천백구십칠 번이라니까.

가영　(아, 이것 봐라?)

딸　(실내를 둘러보며) 노래방 아닌가?

가영　(쏘아본다)

딸　(여유만만하게 폰을 꺼내 통화한다) 빨리 안 오고 뭐 해?… 다 왔다고?… 그래, 어서 들어와. (통화 끝내고) 아줌마,

내 노래 부른다는데 뭐 하고 있어요?

가영, 뭔가 심상찮은 낌새를 느끼고 반주기의 아무 번호나 눌러대고는 딸에게 마이크를 내미는데 딸은 받지 않는다. 음악이 시끄럽게 흘러나오는데 아들(박창규의)이 들어서다가 가영을 보고 주춤 선다. 딸, 반주기의 스위치를 끄고 색안경을 벗으며 가영을 날카롭게 노려본다.

아들　현주야.

딸　(가영에게 쌀쌀맞게) 아줌마, 우리 언젠가 본 적 있죠? 생각 안 나요?

가영　(아들을 알아보고) 아, 박 사장님…?

딸　이제야 알겠어요?

가영　(퍼뜩) 아, 내가 있을 자리가 아니군. 두 오누이가 잘 놀다가 가야지. (나가려고 한다)

딸　(급히 잡으며) 누구 마음대로 나가요? 내가 당신을 고용했다고 했잖아요. 그냥 있어요! (강제로 가영을 끌어 의자에 앉힌다)

아들　현주야, 너 지금 뭐 하는 거니?

딸　보면 몰라?

가영　(어이없어) 아가씨, 도대체 날 어쩌겠다는 거야?

딸　아줌마, 이곳에서 떠나주세요! 멀리 가 버려요!

가영　날 떠나달라고? 왜?

딸	알고 보니 여기서 도우미 생활을 상당히 오래 했더군. 이제 슬슬 다른 곳으로 옮길 때가 되지 않았나요? 철새가 어찌 한곳에서 붙박이 생활을 해요?
가영	(벌떡 일어서며) 아가씨가 뭔데 남의 사생활에 이러쿵저러쿵이야? 이유가 뭐야?
딸	이유? 아줌마가 먼저 남의 사생활에 끼어들었잖아요.
가영	뭐?
아들	현주야 너, 이 아줌마한테 실례하고 있는 것 같다.
딸	실례? 오빠 아빠를 지키기 위한, 아니 우리 가정을 지키기 위한 내 노력에 그것밖에 할 말이 없어?
아들	네가 오해하고 있어.
딸	오빠 모르면 가만있기나 해! (가영에게) 아줌마, 어쨌든 이곳을 떠나주세요! 우리 아빠 앞에서 사라지세요! 노래방 도우미 주제에 자기 신분을 알아야지. 오늘 시간비는 톡톡히 지불해 놨으니까 그거나 잘 챙겨 가요! (뱉듯 말을 던지고 휭하니 나간다)

아들, 가영에게 미안한 낯빛을 띠고 가영은 어처구니없게 당했다는 것에 화도 나는 한편 착잡함에 사로잡히는 잠시 사이.

가영	어디 가서 나랑 이야기 좀 할래요?
아들	…?

9. 바닷가 술집 (조금 후)

뱃고동 소리가 들려오는 바닷가 조그만 술집. 가영과 아들.
취기가 제법 오른 듯한 가영, 그런데도 소주잔을 연신 기울
이며 아들과 대화를 나눈다.

가영   (자기 앞의 잔에 술을 따르며) 이것 보라구요. 나… 이렇
게 술 많이 마셔. 주량이 소주 서너 병, 맥주는 한 스
무 병 정도…, 양주는 거 참 이상해요, 그게 더 내 체
질에 맞더라고. 그것도 혼자 세 병은 너끈히, 호호호
우습죠? 이러니 이렇게 노래방 도우미 생활을 버텨
나가는가 봐. 나, 우습지 않아요?

아들   ….

가영   나, 이런 여자예요. 알았지?

아들   전… 아버지 심정을 이해합니다.

가영   총각, 나 총각 같은 애인 한 사람 있으면 좋겠다. 이렇
게 효심 많은 총각이라면 애인감으로는 만점이거든.

아들   (가영의 말을 무시하고) 아버진 아주머니를 사랑하고 있
습니다.

가영   홋호호… 나, 오늘 너무 즐겁다. 나도 사랑받는 여자
이고 싶었는데, 그 말 들어본 지가 너무 오래고 오래
여서 이제는 아예 포기하고 살고 있는데….

아들   아버진 저에게 모든 걸 다 이야기하십니다. 오랫동안 혼자 계시면서 웬만한 마음속의 심정은 나한테 다 털어놓으셨어요. 아주머니를 사랑하고 있습니다. 저의 아버지와 결혼해 주세요.

가영   결혼? 홋호호… 난 그런 생각이 조금도 없다면?

아들   지금부터 생각해 보십시오.

가영   나, 생각 같은 것 안 하고 사는 사람이야. 흘러 흘러서 이곳 바닷가까지 와서 노래방 도우미 생활이나 하는 여자, 복잡하게 생각하는 그런 버릇, 말끔히 치워 버렸어요. (손사래를 치며) 생각, 그거 하게 되면 자꾸 과거가 떠올라서 골치만 아파. 아무 득 될 것 없는 것만 소록소록 떠올라서 혼자 있을 땐 그저 멍하니 있어. 그럼, 마음이 편해져요. 지금부턴 그런 골치 아픈 소리 치우고 술이나 마시자고. (마신다)

아들   아버지 마음을 받아주세요.

가영   (쓴웃음)

아들   이러는 절 이해 못 하시겠지요?

가영   이해되는 게 딱 하나 있어요.

아들   뭐죠?

가영   아까 그 아가씨의 말. 그것밖에 이해 안 돼. 꼭 이치에 맞는 말이거든. 나 같은 여자, 박 사장님의 눈에서 벗어나야 해요. 그런데 어쩌지? 난 아직도 여길 떠나고 싶지 않은데. 이 불경기에 그래도 다른 곳보다는 돈벌이가 잘 되고 있거든.

아들 아주머니.

가영 가서 아버님 보고 날 갖고 노시지 말라고 해요. 이런 화류계 여자 좋아한다는 말, 아드님에게 함부로 이야기하지 마시라고. 얼토당토않은 낭만은 일찌감치 접으시라고 자식 된 도리로 잘 말씀드려요. 참, 그것도 정이라고 할 수 있겠지? 그까짓 헤픈 정은 함부로 베풀지 마시라고 단단히 일러드려요.

아들 헤픈 정이 아닙니다.

가영 그럴까?

아들 헤픈 정이었다면 아버진 저에게 아주머니 말씀을 하지 않으셨겠지요. 그랬다면 벌써 아무 여자와 맺어졌을 것이고 또 헤어지기도 했는지 모르죠.

가영 이봐요 총각, 난 산전수전 다 겪은 여자야. 이런 경우 여러 번 겪어봤어요. 우리 같은 여자에게 주는 정은 얼마 안 가서 꺼져버리는 가벼운 불장난이거든.

아들 (점점 진지해진다) 아주머니, 이거 하나 물어봅시다.

가영 물어봐요.

아들 금방, 이런 경우가 여러 번 있었다고 했지요?

가영 그래요. 솔직히 몇 번 있었어.

아들 거짓말 마세요.

가영 아니, 정말이야. 있었다니까. 이제 와서 내가 왜 거짓말을 해?

아들 나처럼 아들이 전면에 나선 적이 있었나요? 정말 이런 경우가 있었나요?

가영 (말이 막힌다)

아들 없었지요? 그렇지요? 아주머니가 겪은 건 한낱 장난뿐이었지만 이번은 그게 아니지요. 그렇지 않은가요?

가영 (역시 말이 막히며 잠시 생각?)

아들 저도 이제 성인이 돼서 보니까 아버지가 몹시 외로워 보여요. 곁에서 그 외로움을 서로 달래가는 상대가 되어주세요.

가영 그럼, 이렇게 하면 되겠네. 노래방에 자주 나오시라고 해요. 내가 잘해드릴 테니까 박 사장님은 외로움 푸시고 난 나대로 돈 벌고. 이런 걸 일거양득이라고 할 수 있나? (아들과 자기의 잔에 술을 따르며) 자, 우리 골치 아픈 소리 치우고 술 마셔요.

아들은 마시지 않는데 가영은 달랑 마셔버린다. 이때, 홀 안으로 창규 등장. 아들이 얼른 일어나 맞이한다. 가영 앞에 앉는 창규.

가영 (창규를 흘긋 보고는) 오늘은 박 사장님 가족을 모두 만나는 날이군요…. (하며 자기 잔에 술을 따른다)

10. 아파트 (저녁 무렵)

빈 무대. 현관의 벨 소리. 그 소리 끊겼다가 다시 이어지는데 가영이 화장을 하던 차림으로 방에서 나온다.

가영 누구세요?

친구2 (소리) 정동숙 씨 찾아왔습니다.

가영 누구신데 동숙일 찾나요?

친구2 (소리) 윤진호 친굽니다. 그 전에 진호와 한 번 같이 왔던 사람입니다.

가영, 현관문을 열어주자 친구2 들어선다.

친구2 정동숙 씨 계시죠?

가영 예.

동숙이 역시 화장하던 차림으로 방에서 나오는데 친구2가 거실로 올라선다.

친구2 안녕… 하세요?

동숙 진호 친구?

친구2 … 예.

동숙   진호는?

친구2   (잠시 시선을 아래로 떨어뜨렸다가 침중하게) 놀라지 마십시오. 진호가… 죽었습니다.

동숙   …?!

가영   예?!

친구2   배가 파선되는 바람에 그만….

가영   그럴 리가…, 진호 씨가 그럴 리가…?

친구2   같은 배에 탔던 선원들은 모두…, 한 사람도 살지를 못했다고 합니다.

잠시 정적.

동숙   (냉담하게, 가라앉은 목소리) 진호 친구, 그만 나가줘.

친구2   … 예?

동숙   (팩!) 어서 나가란 말야!

친구2   (황당) …?

가영   동숙아.

동숙   그 자식 죽은 걸 왜 나한테 알려? 내가 뭔데? 날 어쩌란 말야? 재수 없게 왜 나한테 죽음 소식을 전하는 거야? 빨리 꺼져!

친구2   진호가 평소에… 나한테 한 말이 있어요.

동숙   빨리 나가라니까 왜 말이 많아?

친구2   이 말은 꼭 하고 가겠습니다.

동숙　　그래, 무슨 말인데?

친구2　자기는 언젠가는 바다에서 죽게 될 것이다. 그땐 맨
　　　　먼저 누나에게 이 소식을 전하라고 했어요. 그런 말
　　　　을 들은 내가 여기 온 것이 잘못인가요? 고아로 자라
　　　　다시피 한 진호에겐 오직 누나뿐이었습니다.

동숙　　(앙탈부리듯) 그래서 지금 날 어쩌라고? 그 자식 죽음
　　　　이 나와 무슨 상관이야? 그따위 소리 듣기 싫어! 나
　　　　가! 나가! (달려가서 현관문을 열어젖히고는) 나가! 나가란
　　　　말야! (달려들어 친구2의 등을 떠다밀며) 나가! 나가!

동숙의 위세에 떠밀려 친구2가 어쩔 수 없이 밖으로 밀려 나가
자 현관문을 거칠게 닫아버리는 동숙. 무대 암전 길게….

11. 아파트 (오후)

동숙이 창가에 서서 밖을 내다보고 있다(객석을 향해 서 있다).
잠시 사이. 가영, 방에서 나오다가 창가에 서 있는 동숙을
보고 뭔가 이상한 느낌을 받는다. 가영, 가만히 동숙의 옆에
가 선다.

가영　　너, 울고 있었구나…?

동숙　　(반응 없이) ….

가영	… 왜 울어, 갑자기?
동숙	(역시) ….
가영	(동숙의 어깨를 감싸 안는다)
동숙	(어깨가 들먹여진다)

그렇게 시간이 흐르는 사이.

동숙	(혼잣소리인 듯) 미쳤어. 내가 미쳤어.
가영	… 아니야.
동숙	(가영에게 묻듯) 내가 왜 우는데?
가영	아니야. 울어, 울어.
동숙	(씹어뱉듯) 나쁜 자식! (소파로 가서 털썩 앉으며) 나쁜 자식이 왜 자꾸 눈앞을 가려? 그렇게 빨리 갈 자식이 왜 나한테 정을 췄던 거야? 응? 지지리 복도 없는 새끼!
가영	그래서 요즘 기운을 못 차리고 있었던 거야? 빨리 잊어버려! 생각하면 뭘 해?
동숙	… 자꾸 생각이 나. … 내가 왜 이러지?
가영	너하고는 아무 관계가 없었던 사람이라고 생각해. 사실 그렇잖아. 너랑 아무 인연이 없었던 사람 아냐? 그런데 생각하고 자시고 할 게 뭐 있어? 잊고 안 잊고 할 게 뭐 있느냐 말야? 훌훌 털어버려. 그냥 어제 길 가다 본 어느 사람이 오늘 죽었다, 그렇게 생각해.

동숙　너 같으면 그렇게 할 수 있니?

가영　(동숙의 옆에 앉으며) 너, 말은 함부로 했어도 진호 씨를 무척 좋아하고 있었구나?

동숙　올 데 갈 데 없는 애였어. 불쌍한 애였어. 내가 왜 그랬을까? 그 전엔 안 그랬는데 자꾸 만날수록 짜증이 나고 가슴에서 불덩이 같은 게 솟아나 못 참겠더라고. 그게, 그게 지금은 너무 가슴 아프게 후회되는 거 있지…. (흐느껴진다)

가영　우리 같은 여자들한텐 후회 같은 그런 거 빠르면 빠를수록 좋아. 빨리 후회하고 빨리 잊어버리자. 진호 그 사람, 너와는 이렇게 될 운명이었어.

동숙　이렇게 될 줄 알았으면 진작 결혼이라도 해 줄 걸 그랬다. 그랬으면 진호 그 자식 몽달귀신은 안 됐을 테고 (울음이 나오려고 한다) 또….

가영　또 뭐야?

동숙　(서럽게 울음을 터뜨리며) 그러면 그거…, 그거… 유족에게 주는… 위로금이란 거… 그런 거 있잖아…. (엉엉 울게 된다)

가영　(어이가 없어 피식 웃는다)

동숙　(울면서 자탄하는 소리로) 누가 이렇게 될 줄 알았느냐 말야…. 이렇게 빨리 갈 줄…. 나쁜 자식! 나쁜 새끼! (흐느낌으로 바뀐다)

가영　(차츰 동숙의 그런 심정이 이해되기도 한다) 그래, 원통하다.

더 울어라, 울어.

동숙　(흐느낌을 추스르며) 내가 미친년이다. 사람이 죽었는데 이따위 소리나 하고…. 난 갈 데 없는 천한 계집인가 보다. 그렇지?

가영　새별이 생각해. 너한텐 새별이가 있잖아.

둘 사이에 잠시 말이 끊긴다. 동숙, 일어나 창가로 다가가 밖을 (객석을) 내다본다. 사이. 그러다가 갑자기 무슨 생각이 퍼뜩 떠올랐는지 돌아서서 가영에게로 다가온다.

동숙　가영아.

가영　…?

동숙　너, 수표 그 사람 전화 받은 지 오래된 것 같다. 그렇지? 근래 전화 온 적 없지?

가영　글쎄…, 그러고 보니….

동숙　왜 연락을 끊어? 싱거운 사람이구나. 널 갖고 놀다가 제자리에 갖다 놓은 거야? 그래도 널 무척 좋아했던 것 같은데… 서운하지?

가영　서운하긴? 난 아무렇지도 않다.

동숙　그래? 그래도 최고 고객이잖니? 이럴 때는 네가 한 번 연락해 보는 거야. 일종의 비즈니스, 고객 관리 차원이야. 한 통화 넣어봐.

가영　싫어.

동숙 너, 수표 몇 번 받았어? 우리가 뛰는 이 바닥에서 그런 수표는 받아본 사람 없을 거야. 전화 한 통화로 그 수표 값을 하는 거야. 해봐. 예의상으로도 안부 전화쯤은 할 수 있잖아.

가영 안부 전화?

동숙 그리고 널 뻔질나게 찼던 사람이 연락을 끊어버릴 땐 무슨 일이 있는지도 모르잖아. 이럴 때 전화 한 통화는 깊은 인상을 남기는 거야.

가영 깊은 인상 남겨서 뭐 할 건데?

동숙 꼬치꼬치 묻긴? 정 몰라? 너, 그렇게 정이 메말랐어? 이것도 사람 냄새 물씬 나는 정인 거야.

가영 정, 그거 함부로 주는 거 아니거든. 너는 진호 그 사람한테 정 줬다가 마음고생 겪고 있으면서 예사로 그런 말이 입 밖에 나오니?

동숙 진호는 이제 저 세상 사람이야. 정을 줄래도 줄 수 없고 받으려도 받을 수 없어. 그래서 서운하고 마음 아리고 그런 거지. 넌 살아있는 사람에게야. 정 주고 또 받으면 되거든. 진호와 달라. 주고받아. (가영의 옆에 앉아 채근하는 몸짓을 하며) 그래서 또 수표 주거든 냉큼 받아. 받으라니까! 우리, 이런 생활 몇 년 남았다고 이것저것 생각하니? 한 나이라도 적을 때 정 주고 수표 받아.

그러나 가영 앞에 핸드폰이 없다. 동숙이 얼른 가영의 방으로 들어가더니 핸드폰을 갖고 나와 가영에게 내미는데 벨이 울린다. 동숙이가 대신 받으려다가 가영에게 건네준다.

가영   (받는다) 여보세요… 예… 아, 그래요? 오랜만이네… 무슨 일로?… 알겠어요. (끊는다)

동숙   누구야?

가영   (고개를 약간 갸웃해 보이곤) 그 박 사장 아들….

동숙   수표? 그 아들이 웬 전화래?

가영   글쎄, 날 만나자는데…?

동숙   아들이? 아들이 널 왜?

12. 조그만 술집 안 (오후)

창규, 혼자 앉아 소주잔을 기울이고 있다. 벌써 두 병째다. 술을 마시고는 멍청히 잔만 내려다보다가 또 마시고 술병을 기울이는 그런 동작의 연속이다. 아들과 딸이 함께 들어선다.

딸   아빠.

창규   (흘긋 보곤 힘없이) 왔어?

딸   아빠, 술 그만 마셔요! 아빠 이러는 거 정말 실망이에요!

창규 … 미안하다.

딸 아빠가 이러시면 우리도 힘들어요. 아빠가 무너지면 우리도 무너진단 말예요.

아들 (창규 앞에 앉으며) 아버지, 저도 한 잔 주세요.

창규 (아들에게 술잔을 건네고) 현국아, 이 애비가 너희들한테 할 말이 없다. 결국 이런 모습밖에 보이지 못하는 꼴이 되고 말았으니 무슨 할 말이 있겠느냐?

아들 아버지가 왜 저희들한테 할 말이 없어요? 아버진 저희들한텐 너무도 떳떳한 삶을 살아오셨어요. 우린 그걸 잘 알아요. 어머니 돌아가신 후 이십여 년을 혼자서 지내오셨잖아요. 우리 때문에. 혹시나 잘못 될까봐 새 식구 들이지 않은 아버지의 깊은 속을 우리는 벌써부터 알고 있었어요. 아버지의 희생 앞에 오히려 우리가 할 말이 없어요.

창규 그렇게 생각해 주니 고맙다만….

아들 아버진 보통의 다른 아버지와는 달라요. 어머니 몫까지 훌륭히 해내셨으니까요. 그렇기 때문에 지금의 이 모습은 아버지에게 너무 어울리지 않아요.

딸 (역시 창규 앞에 앉으며) 아버지 이러시면 저, 집 나가버릴 거예요! 그래도 좋아요?

창규 이 애비 꼴이 보기 싫어서?

딸 짜증스럽단 말예요! 우리 집안의 다른 변화는 다 받아들여도 아빠의 이런 변화는 받아들일 수 없어요!

창규 내가 너희들을 힘들게 하는구나….

딸 저도 이제 대학 졸업이에요. 취업할 거예요. 오라는 데 있어요. 아빠 용돈 드릴게요.

창규 용돈? 현주가 벌써 나한테 용돈 줄 때가 됐나? 헛허허.

아들 누구보다 아버지가 힘드신 거 알아요. 우린 옆에서 지켜만 볼 뿐이지 아무 힘이 못 돼 드려서 미안해요. 그러나 아버지가 하실 일은 다 하셨잖아요. 이젠 훌 훌 털고 아버지가 힘을 내는 일밖에 남지 않았어요. 아버지가 힘을 내셔야 우리도 힘을 내지요. 현주도 취업하면 용돈 드리겠다잖아요. 저도 이제부터 아버 지에게 용돈 드려도 되겠지요?

창규 헛허허, 용돈 많이 들어오겠구나.

딸 아빠, 자꾸 자책하지 말아요!

창규 아니다. 너무 좋아서 하는 소리다.

이때, 아들의 핸드폰 벨이 울린다.

아들 (받는다) 여보세요… 예. 잠깐 기다리세요. (전화 끊고) 아버지, 잠깐만요. (급히 밖으로 나간다)

창규와 딸은 무슨 일인지 몰라 의아스럽다. 창규, 술병을 들어 잔에 붓는다. 그러나 딸이 냉큼 술잔을 집어 자기 앞에 갖다

놓는다. 딸을 보며 빙긋 웃는 창규. 사이. 아들이 들어온다. 뒤
이어 가영이 들어선다.

아들 (가영에게) 이리 오십시오.

창규 (돌아보다가 가영임을 알고 머쓱해진다)

가영 (창규 가까이 다가선다)

아들 아버지, 제가 모시고 왔어요.

창규 누가 널 보고…?

가영 오랜만이에요.

창규 … (쳐다보지도 않고) 잘 있었소?

가영 아드님한테서 이야기 다 들었어요. 배가 파선되고
그걸 수습하느라고 무척 애로가 많으셨다는 말씀 듣
고….

창규 (말을 가로채) 여긴 왜 왔소?

가영 (창규 앞에 앉는다) 한 잔 주세요.

딸 (쌀쌀맞게) 아줌마가 여길 왜 왔어요? 불난 집에 기름
뿌리러 왔어요?

창규 현주야.

딸 아빠! (창규에게서 시선을 옮겨 가영을 쏘아보더니 자리를 박
차고 일어나 밖으로 뛰쳐나간다)

아들 현주야. (부르며 쫓아나간다)

잠시 침묵의 시간이 흐른다. 창규, 자기 잔에 술을 따르려고 하

자 가영이 그 잔을 자기 앞으로 가져온다.

가영   한 잔 주세요.

창규   (가영을 쳐다볼 뿐)

가영   한 잔 주세요.

창규   (따라준다)

가영   (쭉 마신다)

창규   (술을 따라달라는 표시로 술병을 가영에게 내민다)

가영   한 잔 더 주세요.

창규   (가영을 말끄러미 본다)

가영   주세요.

창규   (다른 잔을 가져와 손수 술을 따르려고 한다)

가영   (술병을 빼앗아 술을 따라준다)

창규   (가영을 빤히 보다가 시선을 아래로 떨군다)

가영   박 사장님의 이런 모습, 생각지도 못했어요.

창규   실망이겠지?

가영   제가 실망할 게 뭐 있어요? 제가 뭣 때문에 실망해요?

창규   그렇게 되나…?

가영   (다그치듯) 박 사장님이 이러신다고 배가 돌아오나요?
         잃은 재산이 조금이라도 돌아오나요? 툴툴 털어버리
         세요. 아무 쓸모없는 짓으로 자기를 학대해 봤자 몸
         만 축나고 병나고 말아요. 이따위 술에 자기를 내팽
         개치지 마세요.

창규　(허탈하게) 이따위 술? 허허, 그게 글쎄….

가영　박 사장님, 앞으로 절 더 보고 싶지 않으세요?

창규　…. (묵묵부답)

가영　그래서 연락을 끊었어요?

창규　글쎄…, 난 더 이상 그쪽을 만날 일이 없을 것 같아.

가영　그럼, 그때 그 말씀은 아주 장난이었나요?

창규　….

가영　그렇군요. 한때 불쑥 솟는 기분으로 날 갖고 논 셈이
었군요. 박 사장님도 역시 그렇고 그런 사람이었더
란 말인가요? (일어나며) 그렇게 중요한 말을 함부로
내뱉다니? 무심코 던진 돌멩이 하나가 개구리에게는
생사를 갈라놓을 만큼 치명적이란 사실을 모르고 있
었던가요?

창규　… 내가 가영이한테 돌멩이를 던졌다…?

가영　장난으로 던졌겠지만 난 그런 것에는 벌써 이력이
나 있어서 별 타격은 없어요. 그렇다고 해서 막 돼
먹은 여자로 보지는 마세요.

창규　(씁쓸히) 오해하지 말아요. 장난은 아니었어.

가영　(다시 앉아) 그렇다면 말에 책임을 져야 하는 것 아닌
가요? 함부로 뱉은 말이 아니었다면 상황이야 어떻
게 바뀌었든 그 말에 책임을 져야죠!

창규　(괴롭다?) 이제 내 상황은 가영이에게 신경 쓸 그런
여력이 없어. 몸뚱이 하나 주체할 힘도 없게 돼 버

렸어요.

가영   (힐책하듯) 나약하시군요!

창규   (자조하듯) 그래. 이렇게 돼 버렸어. (자기 잔에 술을 따르고는 마실까 하다가 그마저 그만둔다)

가영   (측은한 눈으로 창규를 보다가 핸드백에서 봉투 하나를 꺼내어 창규 앞에 내민다)

창규   (가영을 의아스레 보며) 이게 뭔데?

가영   보세요.

창규   (내용물을 꺼내 편다) … 건강진단서?… 이걸 왜 나한테?

가영   (일어나 몇 걸음 떨어져 서며) 다행히도 내 건강에는 아무 이상이 없대요. 박 사장님과 나, 건강에 아무 이상이 없으면 그것으로 됐잖아요. 박 사장님의 이런 모습 보고 내가 돌아선다면 두고두고 후회할 것 같아요. 박 사장님이 더 이상 무너지지 않기 위해서는 내가 곁에 있어야겠어요.

창규   가영이….

가영   이 세상에 여자로 태어나서 한 남자를 만나고 저 세상으로 가야 한다면 그 남자는 꼭 박 사장님이어야 할 것 같아요. 박 사장님이 지금 어떤 상황에 처해 있든 그건 불문에 붙입니다. 지금까지 남자들 덕에 돈 벌고 살아온 한 여자가 한 남자에게 그 덕을 돌려주는 삶을 살고 싶다고나 할까요. 이 세상 빚 갚고 가야겠어요. 제가 건방진 말을 했나요?

창규   ….

둘 사이에 잠시 침묵이 감싸고 든다. 멀리 뱃고동 소리….

13. 아파트 (조금 후)

동숙이 샤워를 한 듯한 차림새로 화장실에서 나와 수건으로 머리털의 물기를 제거하고 있다. 조금 있어 가영이 밖에서 들어온다.

동숙   어딜 그리 바삐 다녀오시나?

가영   (핸드백을 탁자에 내려놓으며 소파에 앉는다)

동숙   왜 그래? 무슨 일이 있어?

가영   (동숙을 흘긋 쳐다보곤 대답이 없다)

동숙   안 좋은 일이라도 있는 거야?

가영   … 나, 결혼할래.

동숙   (놀람) 뭐? 지금 뭐라고 했니?

가영   결혼한다니까.

동숙   갑자기 무슨 뚱딴지같은 소리야?

가영   박 사장한테 청혼하고 왔다.

동숙   박 사장? 수표 그 사람 말이야?

가영   그래. 어차피 인생 한 번뿐인데 결혼해 버릴래.

동숙 너, 제정신으로 하는 소리니? 하필 그 사람이야? 망했다며? 폭삭 망했다며? 배도 집도 다 날려 버리고 빈털터리가 됐다며?

가영 돈 보고 하니, 사람 보고 하지.

동숙 사람도 사람 나름이야. 이제 와서 왜 하필 그 사람한테 갈려는데?

가영 날 진심으로 좋아하는 유일한 사람이야.

동숙 어이쿠, 콩깍지가 쓰였구나. 안 돼! 그 사람한테 가지 마! 나이 많아서 차라리 이대로 혼자 살지 왜 고생을 떠안고 살려고 해? 이때까지 혼자서 어렵게 산 것도 모자라서 그런 사람을 골라잡아? 안 돼! 내가 못 보내!

가영 (안타깝게) 나 아니면 그 사람 더 무너지고 말아. 내가 붙잡아 주고 싶어. 이것도 이 세상 한목숨 생을 받아 해야 할 일이라면 피하고 싶지 않아.

동숙 피하고 안 피하고가 어디 있어? 왜 그런 사람한테 네가 끼어들려고 그래? 왜 인정에 끌려서 네 앞길을 망치려고 해?

가영 (쓴웃음) 인정에 끌려서?

동숙 그래! 수표 몇 장 보고 인정에 끌렸다가 그 미련 못 버리고 지금은 부도수표가 된 인간을 위해 희생하겠다는 그따위 어리석은 생각은 그만 버려!

가영 내가 좋으면 희생도 행복일 수 있어.

동숙 가영이 너 왜 이러니? 왜 감상에 젖어 야단이야? 지금까지 혼자서 잘 살아왔는데 그냥 있어. 돈 많은 사람 만나 호강도 좀 하고 그래야지. 그런 사람 만나지 말란 법 없잖아. (가영이 옆에 앉아) 어제 손님들한테서 이런 이야기 들었다. 나이 팔십 된 홀아비 영감인데 자식들 앞에서 결혼하겠다고 선언했대. 후보자 모집을 했는데 재산이 엄청 많은 영감이라 대번에 몇 십 명의 여자들이 모여들었다는 거야. 그런데 이 영감이 제일 나이 어린 여자를 택한 거야. 서른아홉 살에 애 하나 딸린 여자. 그러니까 자식들이 펄쩍 뛸 것 아냐? 큰며느리가 벌써 오십 대 후반. 자식들이 이구동성으로 반대를 하니까 이 영감 하는 말이, 내가 데리고 살 건데 왜 너희들이 말이 많으냐? 이랬다는 거야. 자식들이 더 이상 반대를 못 하고 결혼을 시켰대. 이 젊은 여자, 애는 자기 언니에게 맡기고 이 집에 들어와 사는데 예의범절이 그만이었다는 거야. 식구들이 다 모일 때면 명색이 그래도 아들딸들이지만 나이가 다들 자기보다 많으니까 절대 나서지를 않고 얌전히 비켜서거나 물러나 앉아서 모든 심부름을 다 한다는 거 있지. 하긴 그도 그럴 것이, 애 데리고 있는 언니한테는 여자 명의의 아파트 하나 사서 들어가 살게 해 주고 달마다 300만 원 월급을 준다는 거야. 그러니 영감이 오래 살면 오래 살수록 돈은 눈덩

이처럼 불어나게 돼 있어. 어때? 가영이 너, 이런 사람 만나고 싶지 않아?

가영 동숙이 너도 꿈 잘 꿔봐. 애 하나 딸린 젊은 여자, 어때 그 꿈이 이루어질 것 같다.

동숙 (화를 낼 듯하며) 뭐야? (흘겨보곤) 내가 참는다.

가영 난 그런 꿈 안 꾸고 싶다.

동숙 그 얘기 들을 때 가영이 네 얼굴이 확 떠오르더라. 반드시 가영이 너한테 그런 사람이 나타날 것이라는 예감이 오는 것 있지?

가영 (시큰둥하게) 고맙긴 하다.

동숙 그런데 들어봐. 이게 재미있어. 제일 큰며느리가 젊은 시어머니한테, 그래도 시어머니 아니니, 넌지시 물어본 거야. 아버님이 밤에 그 일은 어떻더냐고 말이야. 그랬더니 뭐랬겠어? 호호호, 뭐라고 했겠어? (가영의 어깨를 탁 치며) 끝내준다는 거야. 젊은 사람 못잖게 끝내준대나. 홋호호….

가영 그럼 됐네. 너나 꿈 잘 꿔.

동숙 (일어나며) 가영이 너, 그런 사람한테 가. 꼭 나타날 거야. 넌 심덕이 좋아서 그런 사람 만날 수 있을 거야. 부도수표 그 사람한테는 가지 마!

가영 생각해 보고 마음 결정되면 전화하라고 했어. 전화 안 오면 또 내가 찾아갈 거야. 그래도 또 안 오면 또 찾아가고. 세 번까지는 내가 찾아갈 거야. 그 뒤는 나도 모르겠어. …그러나 계속 찾아가야 하겠지?

동숙   (가영을 똑바로 응시하며) 정말이야?

가영   그래! 두고 봐!

동숙   (가영의 확고함에 한참 가영을 보다가 다가가 가영의 어깨를 가만히 껴안으며 그 옆에 앉는다)

가영   (동숙의 손을 맞잡는다)

그렇게 침묵. 누가 먼저랄 것도 없이 두 여인으로부터 어느새 '숨어 우는 바람 소리'의 노래이거나 아니면 다른 노래(연출에 의해 선정된 노래)가 흘러나온다. 잔잔한 하모니가 실내를 적신다. 그렇게…, 그렇게… 노래가 끝나갈 무렵, 핸드폰 벨 소리가 요란하게 울린다. 그러나 받지 않고 노래 마무리.

동숙   전화 왔어.

가영   네 전화잖아.

동숙   그런가? (탁자 위의 핸드폰을 확인하곤 받는다) 여보세요… 아, 오빠, 오랜만이다… 응, …응, 지금? …오빠 성질도 급하다. 그래 알았어. (끊으며) 그 영감이 지금 빨리 나오래. (하면서 자기 방으로 들어가는데)

가영   (전화벨, 무심히 받으면) … 엄마? 잘 있었어요? 별일 없는 거죠? 다들 잘 있고? 나야 잘 있지, 그럼… 그래요 …걱정 말아요. 그런데 엄마, …나 결혼한다. …정말이에요. …좋은 사람? 그래요, 좋은 사람 생겼어요.

…돈 많은 사람? 아니, 돈 없는 사람. …하지 말라고?
호호호, 나, 할 거야. …행복? 돈 없어도 행복할 수 있
어요. 엄마, 나 집에 한번 갈게요. 그때 자세히 이야
기할게. 그렇게 알아요. …엄마, 나 지금 그 사람 전
화 기다린다.

– 막 –

한국 희곡 명작선 162

바람, 그 물결 소리

초판 1쇄 인쇄일   2024년 10월 16일
초판 1쇄 발행일   2024년 10월 25일

지은이   강수성
만든이   이정옥
만든곳   평민사
　　　　서울시 은평구 수색로 340 〈202호〉
　　　　전화 : 02) 375-8571 / 팩스 : 02) 375-8573
　　　　http://blog.naver.com/pyung1976
　　　　이메일   pyung1976@naver.com
등록번호   25100-2015-000102호
ISBN　　978-89-7115-847-0 04800
　　　　978-89-7115-663-6 (set)
정　가   9,500원

이 책은 사단법인 한국극작가협회가 한국문화예술위원회의
2024년 제7차 대한민국 극작엑스포 지원금을 받아 출간하였습니다.